U0060313

超渡

Ferrying Souls to Paradise

崔根源 著

前衛出版
AVANGUARD

獻予
有心想欲做台灣人的人

For Those
Who Dream to be Taiwanese

特別感謝
林央敏先生‧慧子女士
佇一修二修三修的過程中
提供寶貴的見識、意見
央敏的明智，慧子的慧眼
佮《超渡》同存

崔根源

天有不測的風雲

　　不計其數，白綿綿的雲絮(su)，親像囝仔蹉跎(tshit-thô)圍咯雞圍一個一望無際的大圓箍仔，重(tîng)重疊疊(thah)疊，厚閣實(tsat)，蘊(ùn)釀一個極強烈的風颱，雲陣踮關島的西北海面拍箍仔，向巴士海峽的北爿面台灣島的東南蠢蠢躍(iok)動，氣象預告，莫拉克颱風登陸台東了會輕移蓮步，踮中央山脈的天頂停喘。

　　八八節，我唯高雄趕轉去小林村，風颱天湊(tshap)湊仔雨，高雄的天氣鬱悶甲欲斷氣，入山了後，雨粒變大粒閣掃山風，心涼開花，袂記有外久無佮阿兄見面啦，幾偌個月前踮高雄撞(tīng)著仁德，阿兄的第二後生，伊講阿叔阮爸也數念欲閣佮你見一遍仔面，閣講父親節您兄弟姐妹仔欲共爸也做八十大壽請我做伙去鬥鬧熱，我對喙道共仁德應好，昨暝我佮踮菲律賓的Sam，無國界醫生聯盟的好友，有電話聯絡，伊提起莫拉克，講伊聽CNN颱風預報，恁警告莫拉克會帶予台灣親像四十暝日的大洪氾，我笑應，Sam你踮菲律賓予風颱驚破膽去，風颱踮台灣是家常便飯，Sam關懷，叫我較小心咧！

　　公孫仔叔孫仔坐坐咧滿滿二塊桌，有山產阿有海產，有小米酒阿有Scotch，大人囝仔查甫查某人人有份，大家阿食阿喝咻，坐咧飲無夠嚼，徛徛起來跤舞手舞，一個人家己跳無夠

看，大人囡仔做伙手牽手圍箍仔踢跤咿喲咿喲較有風光。阿兄斟(thîn)咧半碗小米酒，大漢新婦閣專工炕(khòng)一鍋(ue)爛爛的鮮蕃薯籤，我無張池聽著伊嗽甲強欲無喟，夯頭共問，伊出力挣(tsìnn)出來講伊食的飯粒仔走毋著路，停一時仔，笑笑，小弟仔！敢會是天公伯仔袂記持共我的名字列入名冊？過八十啦，活傷久啦！阿兄對死無禁忌，毋過我嘛是喙口安慰長壽好命，連鞭道欲五代同堂啦！

仁德青青狂狂走徛徛來我的身邊，叫聲阿叔！講恁子佇門口大聲喊喝，厝邊頭尾家家戶戶喝咻漲大水啦！緊疏開！我綴仁德走出門口，外口，烏天暗地，雷公熾爁，親像天頂有人刁工用面桶仔佇倒水，風聲啾啾哮，仁德摮一領雨幪(mua)予我。溪水已經淹過溪岸，我佮仁德潦徛溪堤，楠梓仙溪的溪水親像千軍萬馬追擊敵軍，滾滾濁水一捲衝揀一捲，若戰車的大石鼓不敵滾滾濁水無頭無面車畚(pún)斗，水鬃盤旋半空，水聲若擂鼓操兵，山壁的樹欉掛根佮洪水合斬傷痕纍纍的橋柱，乘勝突破溪岸，我佮仁德綴厝邊隔壁捷捷後退，我共仁德喝聲緊轉去摮家族大大細細疏開去山頂，我欲加觀察一陣仔才去佮恁會合，風雨交作，雨水鑽過我的衫仔褲，澹澹冷冷，我伸手出力共雨幪縛較絚(ân)，夯頭，身邊倚一個三十出頭的少年人，伊的目睭搓圓圓大大貢綴溪水走相逐(jiook)。

「你看敢會漲起去到頂懸的厝宅？」我大聲喝。

「若繼續閣落二、三點鐘仔含山頂道淹起去！」少年人嘛大聲喝。

「風若掃過面看會減落寡仔袂！」我向望，閣大聲喝。

「祈禱上帝保佑！」少年人頭仔抵(tshih)抵。

無一分鐘久楠梓仙溪的溪水漲咧規尺懸，我佮少年人做伙拖退後，聽著後壁山頂轟隆，轟隆陳(tân)脆(tshè)雷，少年人出力共我扭咧走，大聲喝：

「崩山啦！崩山啦！」

我綴少年人向學校的方向走，風雨直漰，天地烏烏烏霧霧霧，山頂的石頭大粒細粒伴樹欉滾落山跤，第二梯次的衝踏過第一梯次的山石樹欉擋擋規路規山坡，阮那走那閃，過一時仔親像山神停喘，阮閃縫走入去學校，洪流已經漲到大樓的樓跤，阮直衝三樓的大禮堂，內面人楗(kheh)楗楗，哮聲叫聲絞絞滾，一個老阿嬤目屎那流那育(io)細漢紅嬰仔，幾佗對老尪某楗楗做伙手牽綴綴喉仔湊湊念，我無看著仁德佮阿兄。一陣圍做伙的老人囝仔看著少年人大聲叫傳教師，少年人出聲叫大家相合做祈禱。恁的禱詞，短短仔，主仔！您疼惜阮，您共大樓化做盧亞（Noah）方舟予阮渡過這個洪氾，阮永遠是您忠心的綿羊，阿門！阿門！傳教師閣摰恁做伙唱聖詩，悅耳的詩歌，溫柔嚴肅，我聽無全部聖詩的字句，外口風雨猶原狂飆(phiau)，恁的聖詩，心靈的歌聲，唱出恁向上帝的祈求，誠心誠意接受上帝的旨意，嘛激動我的心靈。

我行倚去門口伸手捔(pue)拭面頂，澹澹溼溼也是雨水也是目屎，外口大貢雨粒出力摏門窗，熾爁一陣仔一陣，無人聲，無狗吠，無蟲叫，我的心情變脆弱，我期待夜暗是暫時的磨鍊，我無祈禱的習慣，我向望理性的寧靜戰勝心靈的驚惶，毋過夜暗的驚惶親像有講袂出來的特別青冷，阿娘的面貌突然跍我的

目睭前閃爍，我伸手挼(juê)目睭，阿娘的面貌換來牽手的佳敏的身影，伊徛踮窗仔口共我捒(iat)手，我起奇大驚，閣想著我答應大樹嘛講欲去共正義拈香，目睭前的閃爍連續不斷，我看袂清面相細聲誦念余利德（T.S. Eliot）的詩句：「**苦難阮莫閣造假欺騙家己**」，我誦念詩句向望寧靜我驚惶的心靈，山頂的轟隆聲閣再爆發，轟隆聲假若是二千噸的TNT爆炸，刺痛耳孔心肺，熾爁無閣閃爍，我看袂著土石流的影像，天地是千千萬萬的鬼泣，山石、雨水、樹欉、沙土攪濚做伙，比少年人飆車的車速閣較猛向前直衝，小林村首當其衝，灌滇添滿條條街路佮一間一間的厝宅，死死密密，閣湧塞學校的大樓、二樓、三樓、大禮堂所有的空間，傳教師恁的祈禱聲閃袂出土石縫，阮的肉體假若路沽糜溶入死亡的洪流，我的大腦瞬間閃爍惦念仁德敢會赴掣大大細細起去山頂？

　　仁德親像浪一百公尺衝轉去厝裡，厝內猶原塞滇滇的喝咻聲酒聲歌聲，恁爸也踮倚(the)椅啄龜。伊大聲喝咻：漲大水啦！大家緊走，紮雨幪外衫包一寡食的物件，緊，緊綴我走。仁德！敢欲紮手電仔？好，嘛紮手機仔。仁德！阿爸毋走，講咱厝毋捌漲水。阿弟仔！阿妹仔！恁二個人負責照顧阿爸。好！好！雨遮呢大陣，烏暗烏嗦，仁德！咱欲去佗？大家手牽手綴予著。仁德！阿爸問阿叔佇佗？阿叔佇溪邊叫咱先走，緊起來山頂园工具的草寮仔，大家綴予著，起來草寮仔才講。

　　仁德大聲喝咻，福德仔！福德仔！福德仔聽著叫聲唯隔壁的寮仔口走出來。

「仁德！恁走有離！」福德仔驚魂未定。

「大水淹到佗啦？」

「崩山啦！」

「半點鐘前阮行過大路崩足濟石頭。」

「土石流！規粒山攏瀉落去咱村裡！」

「咱村裡的人咧？」

「毋知影，山崩地裂，驚死人！」

「等雨較停咧，咱做伙來大路看覓咧？」

「無望啦！路攏斷了了去啦。」

「咱道活活困死踮草寮仔啦？」

「上帝保佑！外口的人知影咱猶活咧！」

等到彼下晡，仁德佮福德仔探出路況，往甲仙的大路予土石流斬斷，去那瑪夏的路嘛予土石流中傷，荖濃溪漲大水桃源嘛會有土石流，恁的小林村土石流掩村，大家面面相觀，無話講，目尾澹澹，哀聲，忍耐，等待救兵，到第三工的中晝，大大細細徛踮山坡頂頭殼伸長長，規片藍藍的天頂畫真濟白皙皙的雲狗，雲虎，一嶺接一嶺的山頭，二、三間奇形怪狀的別莊，毋過無聲無說死靜靜，福德仔、仁德，佮三、四個大人恁擠(tsik)出軟弱的元氣。

「山頂的竹筍，樹葉仔攏彄(khau)礁礁啦！」

「咱袂使恬恬滯遮等死！」

「咱放火燒山，外口才會知影咱猶活咧。」福德仔大聲喝。

「樹木澹漉漉哪燒會起來？」

「咱耙較懸咧，無火嘛有煙。」仁德鬥贊聲。

「是啦！火種紮咧緊來𫝏山。」大家大聲喝。

仁德，福德仔𫝏做頭前，一、二十個大人綴後壁，大家紮刀剉樹仔斬草，恁一步一步向山頂爬，無人叫苦，無人停睏，恁爬到一粒較廣闊的山頭，點焯樹草，無炎炎的火光，只冒出烏白烏白的雲煙，一捲一捲捲起去藍色的天頂，恁分班輪流顧火種，雲煙飛過山嶺山頭，一山過一山，到第四工日頭出來時，唯甲仙的天頂傳過來飛能機聲，二隻直昇機出現佇恁的山頭頂。

「感謝上帝！」福德仔大聲喝。

「佇遮啦！佇遮啦！」大家大聲喝手搝(iat)無停。

「有看著啦！有看著啦！」大家轉笑面。

恁三、四十枝軟弱的手繼續出力共齊向天頂搝，喙仔無合，唯丹田出力，喝聲連連，三、四工憂憂的面色變做笑淚齊流的喙面。

直昇機停跮學校的操場，仁德揹(phāinn)恁爸也匀匀仔伐落機門，大聲叫爸也攬絚伊的身軀，加緊跤步衝去阿姐姐夫的面頭前，阿姐、姐夫做伙共仁德跤脊骿(phiann)的阿爸匀匀仔扶(phôo)落來。

「謝天謝地！祖公仔有靈聖！」阿姐那行喙仔那念。

「阮苦等三工，大家想講無望啦！」

「仁德！規莊埋(tâi)了了，山石山土疊(tha̍h)過五層樓懸，恁毋知影？」阿姐目睭仁展甲圓貢貢。

「妳講咱小林亡村啦？」仁德大驚失色。

「仝時陣，做一梱埋埋落去，人、雞仔、鳥仔、草厝仔大樓無偆半項，慘絕人寰(huân)！恁百外的人是唯一生還的。」

「阿叔敢有佮恁聯絡？」

「阿叔無佮恁做陣？」

「阿叔叫阮先走！阿叔叫阮先走！」仁德心頭鄙鄙搐(tshuah)喉仔湊湊念。

「無可能！絕對無可能！阿叔一定走有離！」

到暗頭仔，仁德交待阿弟仔阿妹仔暫時滯踮救災中心臨時設法的避難所，小心照顧大細漢，伊欲佮阿姐姐夫載阿爸去新化滯阿姐的厝較好照顧，臨走時，仁德千吩咐萬叮嚀恁探聽阿叔的消息。阿爸食一碗炕爛爛的燒糜，飲半碗虱目魚湯，睏去三、四點鐘，面色有較好看無閣失神失神。伊開喙頭一句話道問咔會無看著阿叔？仁德頭殼緊斡去邊仔毋知是毋是講實話，恁預測阿叔是凶多吉少但是無死心，阿叔一生行過濟濟風險總是有福份的人。

「阮明仔載透早欲閣去旗山。」

「政府動員軍隊挖山開路閣等二、三工仔。」

仁德親像一隻懞頭胡蠅(sîn)踮旗山東蹤西揣，逐工透早蹤甲暗暗，三工，伊看阿兵哥救出一批一批受難的災民，就是揣無阿叔的行影，伊探聽一個仔一個的災民嘛是無阿叔的音訊，心急如火伊想欲家己倒轉去小林走揣，便路無造好無路可行，伊佮阿弟仔阿妹仔決定欲照實共阿爸轉達，恁做伙去新化，阿爸猶佇補眠，恁踮大廳泡茶。

「政府動員三軍出動幾偌千人，救人閣搶救通路。」阿姐那斟(thîn)茶那講。

「人攏死了了才欲救人！」阿弟仔聽著政府心頭道火焯。

「剃頭妝嬌嬌有孝官老爸，食好頓有時間！」阿妹仔評阿弟仔閣火攻心。

「這是天災無可避免的！」姐夫出喙拍圓場。

「遐大官貴族根本無共咱當作人看待！」阿妹仔猶是憤慨未消。

「阿妹仔！咱家己敢有自認是人？平常時仔，親像憨狗咧，有通食道綴主人走！」阿弟仔摒(bûn)心自問。

「是啦，咱若親像阿叔有自覺，拍拚，有理想，奉獻，咱道毋免一世人看人的頭面！」阿姐想起阿叔心頭酸。

「阿叔的口頭禪，咱道是笨憚照鏡才會看袂著家己的喙面！」仁德大聲喝。

「我頭一遍看著阿叔，」阿妹仔想起誠十冬前家族做伙去旅遊。「阿叔揤咱去遊覽觀音山、北港，到即馬便若想著彼遍的旅遊，我心肝頭的笑聲猶原開甲滿花欉。」

「阿妹仔，妳敢會記持咱踮北港食點心？逐項道好食，麵線糊、油飯、滷腸仔，大家叫規堆硬推(thui)，食甲搓腹肚放褲帶。」阿弟仔講甲喙瀾強欲津落來。

「我較數念翠屏岩的素食。」阿妹仔微微仔笑。

「翠屏岩是阿公拜佛的聖地，阿叔有心揤咱去見識，」阿姐年歲較濟較知影大人的心事。「阿叔無信神嘛是綴阿公去廟寺，伊關心家族，伊疼惜家族。」

「阿叔減阿爸十幾歲，二個兄弟仔外有話講咧，」仁德嘛想起來往事。「阮牽的共我偷報，阿叔房間的電火焯規暝，到翠

屏岩怹猶是講袂煞。」

「佇廟寺禪房，我半暝去便所有撞著阿叔，仁德，你敢知
影怹佇講啥？」

仁德搖頭。

「細漢時聽阿公阿嬤抑是阿爸攏講阿叔外教拄外教，聽一
下濟，便若聽著阿叔的名我道肅然起敬，阿叔變成我精神上的
指標，見彼遍面我猶細漢毋捌世事，無深入阿叔人生的迷宮，
且即馬無機會啦！」阿妹仔轉傷心。

「阿叔！你敢知影阮佇數念你？你毋道顯靈！」阿弟仔目
屎滴落喙頗(phué)。

仁德哮出聲，「咱袂閣看著阿叔啦！」

大家憤慨悲傷無人注意著怹爸也徛跙房門口，伊等仁德講
煞才行倚來，叫阿妹仔捧一甌茶予伊。

「佇山頂時恁阿叔道來草寮仔揣我，我佮恁相仝心情，我
嘛是向望欲閣佮恁阿叔見面！」阿兄重溫佮小弟仔的見面，經
過三十連冬，小弟仔頭一遍轉來，大細漢歡喜。小弟仔！你頭
一項代誌道是叫我掣你去拜阿爹阿娘的墓，我共你講阿娘在生
接接怨嘆，伊飼一個囡仔自出外去讀冊道親像放生去！你目屎
那流那叫阿娘，我無放生去！我無放生去！咱討論第二的，阿
興仔，的代誌討論袂煞，你無時間講你家己的經歷，這暫你閣
轉來，向望咱會有較濟時間，無想著人有旦夕的禍福，雖然講
生死有命，嘛是有毋知欲按怎講的失落，苦嘆。伊夯頭交代仁
德：

「仁德！你揣一工載我轉來小林，我欲佮恁阿叔講幾句仔

話咧。」

　　仁德載怹爸也轉去小林彼一工，風和日麗，伊共車停踮便
路的山崙仔路邊佮阿妹仔阿弟仔伴怹阿爸徛踮山崙仔頂觀望怹
的故鄉，小林。楠梓仙溪潺(tshân)潺細流，無澎湃喊喝的水聲，
嘛無急流飛舞的水鬖，一大片凹凸崎嶇的土石掩埋一間一間的
厝宅、一幢一幢的大樓、一欉一欉青翠的樹木，昔日溪畔的樂
園佇世俗人的眼前永遠消逝，留存的只偆怹頭殼內思鄉的記憶
圖片。怹順推土機推出的一條較平坦的碎石小路，扶托(thánn)
阿爸行落小路面，跤步毋敢出力，恬恬毋敢出聲，停踮倚溪邊
的山石面頂，計算方位，朝向怹厝的方向，重重疊(tha̍h)疊的
大石鼓阻擋視線，怹毋知佗位是阿叔最後安息的所在，大家目
睭四界相，向望阿叔顯靈指點。仁德看阿爸一直注視倚山壁唯
一殘存的一間低厝仔，厝頭前，有二隻土狗仔踅來踅去，伊聽
著阿爸對著彼二隻狗仔細細聲仔念：

　　「小弟仔！誰人會知是我來送你！天公伯仔留我這個會食
袂做的無路用人，你笑笑共我搝手，我想你是接受這款無公平
的安排，你講過咱人無平大漢，世間哪有可能會公平呢！我接
接聽你提醒咱祖先的根源已經失傳，咱愛有勇氣嘛有責任替咱
的後代子孫行出新的根源。彼一工，你欲講你的心歷歷程，臨
時漲大水無時間，你會記持毋通予你的心聲埋踮土石流的底下
永遠陪伴溪流，你的心歷歷程是咱子孫後代重新釘根的鏡面，
咱一點一滴的累積道是咱子孫後代重新釘根的本錢，小弟仔！
你敢有聽著我的話語？」

　　仁德阿妹仔阿弟仔綴阿爸的話聲目屎流甲規面，親像雨水一滴一滴滴落恁跤邊的土石，土石仔澹溼，澹溼落去較深，較深，轉達恁關懷阿叔的心意。阿爸等恁的目屎礁去才細聲喝講會使倒轉啦，遠遠，彼二隻土狗仔，朝恁的方向大聲吠，恁停跤共捽手，吠聲連連，仁德恁規陣的手嘛捽無停。

　　仁德載阿爸轉去高雄，彼暗大樹撥電話講伊佇高雄招做伙飲麥仔，二個人踮花園酒店飲咧規半打，大樹唯桌仔跤捾一跤(kha)細跤旅行袋仔交予仁德。

　　「這跤旅行袋仔园踮我的車底，巫頭的恁阿叔無紮倒轉去小林。」

　　「內底是啥物物件？」仁德共袋仔园踮椅仔邊。

　　「攏是巫頭的讀的冊，我想講予恁留作紀念。」

　　想起阿叔仁德的目尾隨溼溼，「大樹真多謝！你欲踮高雄幾工？明仔載換我請你。」

　　「後暝咧，明仔透早我道愛趕倒轉去新竹。」

　　仁德轉去厝裡隨拍開旅行袋仔，有六本英文冊，四個大牛皮信封貯採訪的資料，二本台文雜誌，伊反落去上下底，有三本厚厚的筆記簿，註明1、2、3，伊反開頭一本讀頭一段，假若是阿叔的日記，毋過伊掀幾偌頁無看著註明日期，伊閣反開第二本佮第三本相仝無註明日期，感覺奇怪伊閣提第一本起來讀，讀咧三、四頁，喝一聲，阿叔毋是寫日記，阿叔是寫伊家己的人生歷程，共伊的心靈故事講予伊一個小學老師聽，仁德歡喜甲心頭開花，共三本簿仔摩(mooh)踮胸前，憨神，失神，急欲讀阿叔的故事，三本攏厚厚厚，伊分三暝讀煞。

頭一暝（第1本）

　　老師！我頭一遍一個人離家獨立生活毋單是心神驚惶，一個十三歲囝仔毋捌出過外，無熟似半個人，講話腔口闊重，市內的同學掠我做蹉跎物仔，阿詼阿霜，我真正親像是一隻孤鳥啾啾哮揣無伴，吱吱叫無人同情，半暝仔，踮學寮，棉積被崁規粒頭殼，細細聲仔嗆(tshǹg)細細聲仔哮，驚予人偷聽著，數念爸仔母，數念厝裡的囝仔伴，想欲大聲喝，咔道何物苦出外讀冊！若毋是老師提醒的話踮我的頭殼內一遍踅過一遍——無讀冊袂出脫！讀冊才會出頭天！我哪欲甘願乖乖仔睏去。同學笑我山地番草地倯(sông)，我想嘛有影，外口社會的人情世事，人按怎行踏，人流行啥物物件，我一無所知，下課市內囝仔圍圍做伙大聲談論昨暝做啥，有的喝講《羅生門》外好看，有的贊聲三船敏郎敖做戲，我問恁啥物是電影，夆笑甲肚臍(tsâi)歪，我猶是憨憨毋知恁是笑啥物碗糕。毋過講著讀冊，市內囝仔考試若到道相招相報佗一段會考佗一條愛記，親像恁攏是劍仙咧！我無伴逐日只有讀冊閣有爸母生成的好記智，若撞著看毋捌閣無人通問我道攏剾背，字字句句背甲滾瓜爛熟，考了公告欄貼單仔攏是我排頭名，我毋敢當眾展雄神，但是私下我嘛袂軟弱，家己一個人暗暗仔走去便所偷笑。

　　我知影同學踮尻倉後詼我敖讀冊有啥路用，我毋知是爸母

生成的抑是唯石頭縫𥴊(piâng)出來的，生性鐵齒閣毋認輸，平
常時仔耳孔攏是挖(iah)利利，目睭睨金金，聽著啥看著啥大大
細細剝收入頭殼的倉庫。我滯跕學寮，食早頓，六人一桌，一
桌园一碗炒土豆，門口邊采一大桶清糜，代起先，毋捌規矩我
鼻著土豆芳貢貢，一碗糜慢慢仔啐(sù)接接挾土豆，等到欲添
第二碗大桶攏是已經見桶底，逐工袂到中晝，腹肚凹(nah)甲到
跤脊骿(phiann)，第二禮拜起，我學高中生的魄步，土豆先挾
二、三粒仔趕緊去添第二碗，以後道換別人徛跕大桶邊大聲喝
咻，我偷偷仔暗笑，誰人講我毋捌世事！

　　人若無知，真正是人佇做隨在天去矯(tshiâu)，人名到即馬
我嘛猶會記持，周光雄，高中生大欉甲若大人咧，喙仔不時道
笑笑，開喙話仙逐句話我攏感覺新奇，好聽閣愛聽，欽佩伊世
事貯規頭殼趖(thàng)腹肚，誰知伊是佇話虎膦(lān)，我無懷疑
伊是王祿仔仙講古兼賣糊藥仔。代誌道是彼張民族英雄的肖像
引起的，學校辦公大樓的走廊，逐月日攏會采一幅特大號，無
相仝的民族英雄肖像，講是欲培養學生的愛國情操，我佮伊徛
跕林則徐的油畫面頭前，伊笑笑共我問，你看穿清朝官服戴碗
公帽的林則徐敢有成民族英雄？我應講英雄道是英雄，哪有啥
物有成無成？伊那笑手那比，官服佮碗公帽仔若換漆紅紅一定
較成英雄！我續喙講紅舭舭有影較有威風。想袂到道是這個紅
色惹出大風波，我毋捌世事，哪會知紅色是禁忌！

　　我佮周光雄四正四正徛跕訓導主任的辦公室，周光雄親像
經過蓮花化身變成另外一個人，面仔無閣笑笑，規面白死漆，
我毋知死活閣毋知輕重，細聲欲共伊講話，彼個福建仔訓導主

任二貢目瞬轉白仁想欲咬死人！照實講，誰人共恁洗腦！共匪仔道是赤色奸黨，您的國歌叫做東方紅，恁好大膽，踮公共場所宣傳紅色較有威風，誰人是恁的主腦？我鴨仔聽雷聽甲莫名其妙，周光雄的面仔是勼(kiu)甲若貓鼠咧，親像揣無孔通鑽，我出聲應講咱的國旗嘛是青天白日滿地紅，禿(thut)頭仔（訓導主任）洶洶徛起來，一伐一伐行倚來我的面頭前，我想講伊是欲呵咾我反應好，誰知一枝大人手，五指全出力，我正爿的喙䫌(phué)擋袂牢，頭殼蹁(phiân)歪倒爿，仝時閣摔搧(siàn)落去倒爿，我的正跤蹁二步才共頭殼擋牢半空中，兩爿喙䫌親像起火燒，喙舌啖著臭臊味，毋敢操出聲，雙跤閣徛四正，我想無我是犯著啥物天朝大罪！無認錯閣詭辯，禿頭仔大聲，你共天公借膽，阮無欠缺匪黨學生，交予調查局發落，禿頭仔規面紅絳絳，喝聲震動規間辦公室，大伐踐(tsàm)出去辦公室大力共門搕(khap)絯。

　　周光雄罵我，「毋捌世事閣共代誌惹大。」

　　我雙手勻勻仔搓喙䫌，心想我有做啥物毋著！

　　周光雄閣細聲罵，「你毋知死活交予調查局咱是死路一條！」

　　調查局是啥物碗糕？我毋捌，死道死！我是煩惱無學校通讀冊，我欲按怎共阿娘解說？阿娘講伊欲去引共人煮飯洗衫加儉寡錢我讀冊才有夠錢；老師，您敢會記持？您掣阮去考試閣搕半斗米拜託恁親情煮予阮食，我若予人退學，老師！我欲按怎共您講出喙？阿娘！老師！我無冊通讀，我欲按怎？我開始煩惱。

　　關踮學寮二工，煩惱會予人退學，煩惱會予人刣(thâi)頭，煩惱東煩惱西，較煩惱道是煩惱倒轉來欲按怎共阿娘解說，我問周光雄旦是欲按怎？伊攏恬恬無欲應我，我毋知頭毋知尾逐日煩惱閣煩惱，忍袂稠才閣去共周光雄求好喙，伊講恁爸也做區長捌人事出面共代誌化小，我的煩惱親像石頭沉落大海歡喜我閣會凍讀冊，我毋免閣費心神共阿娘解說，大聲共周光雄說謝，周光雄冷笑，講恁爸也干單提起伊的名，閣講是另外有別人替我講情，阿是誰人替我講情？周光雄講恁爸也嘛毋知是誰人，我宓踮棉積被內底偷偷仔共彼個毋知名字的貴人說謝，一遍過一遍。

　　我想講目睭若挲(sa)有金道毋驚世事，誰知人心暗沐(bòok)沐，知人不知心，世事假若是一領蜘蛛網咧，行入去內底愛學會曉觀形察色，閣愛會曉閃避的魄步，蜘蛛一回干單食一隻蟲，道愛先探聽蜘蛛當時腹肚夭才閃會離，我的心神變甲看著草索仔喝看著蛇，毋敢閣傷接近周光雄，有一工予伊撞著，伊講有人暗暗佇共伊跟蹤，我冷笑，你精神錯亂才會疑神疑鬼，伊正經閣嚴肅共我問，你真正毋捌聽過打小報告？我毋捌打小報告是啥物行擋，毋過予周光雄提醒了後，我若踮無路燈的小路仔心肝頭道膽膽，無緣無故接接幹頭，看著烏影抑是樹葉仔頂無張池飛出來一隻烏秋，我道驚甲破膽幾佫暝日袂睏之，親像痟人我變甲神經質，家己一個人踮教室尿若緊定定攝(liap)尿等有人才敢去便所，親像起痟閣無人通開破，想甲無變步乖乖仔閣去揣周光雄。周光雄共我開破，伊講入黨親像頷(ām)頸(kún)仔掛一個神明的香火會凍避邪閣有好康的通分，伊已經入

黨真正有應驗，我毋知黨是啥物神明遮有靈聖，我嘛無瘸想欲分好康的，我是欲救家己莫(mài)予起瘸，祈求神明保佑我心平氣和安心讀冊敖大漢。

　　逐禮拜三的暗時仔我愛去一間細細間的辦公室，講是陳老師的工作室，含陳老師有五個人，其他三個人攏是高中生我無相捌。陳老師講恁的集會是讀書會，每一遍每一個人愛報告讀冊心得，頭二禮拜陳老師叫我先聽別人按怎報告，我總是感覺恁的報告毋是讀冊心得，較親像講別人的尻倉後話。陳老師提三本冊予我，叫我二禮拜後作報告，三本冊是《中國之命運》、《民生育樂兩篇》佮《總統訓詞》，雖然讀著礁燥(sò)閣無滋味，為著欲保平安，我嘛是較苦仔認真讀，我引經據典共心得寫甲夯(lò)夯長，陳老師毋捌呵咾過，逐遍道閣提醒我愛寫親身經驗，我想講讀冊心得是寫我了解到啥物程度，彼款大本冊，大問題，我哪有可能有親身的經驗？我一直想無陳老師的話意，嘛無膽量親身共問。教代數的應老師閣叫我轉去替伊改考卷，四十份的考卷我二點鐘改好，趕緊提轉去辦公室交差，應老師笑笑細聲共我交代，叫我愛學會曉變竅毋通讀死冊，閣共我講陳老師呵咾我敖讀冊，我一時聽甲楞(gāng)去，應老師哪會知影我佮陳老師的代誌，想一下久，我瘋(hong)然大悟，應老師是校長娘娘，伊應該世事捌透透煞毋是？應老師敢會是我的救命恩人？我毋是伊的啥物人，干單替伊改考卷，因為我敖讀冊？世事真正複雜奧妙！我省悟，陳老師強調我寫親身經驗，敢是叫我去刺探別人的私事？這煞毋是道是周光雄共我提醒的打小報告？

　　老師！生理衛生本是認識人生長的自然過程，毋過我的歷程來得傷突然親像晴天霹靂咧，這個經驗煞永遠忥踮我內心的地獄變做袂見日頭光的祕密。代誌是按呢，我家己一個人踮學寮的寢室，我袂記持我是感冒請假抑是提早下課，寢室外口有日頭光，內底小可仔有光像，我坐踮床頭無聊想欲提冊起來讀伸手去轉電火，親像看著鬼咧，一個大人無聲無說徛踮我的面頭前，我掣(tshuah)一大越，心肝跳懸跳低，喝袂出聲，彼個大人的長褲落(luah)落(lòh)土跤，含短褲截仔嘛做伙落落去，一枝直直直，圓滾滾，伊牽我的手共搦(làk)絞，我搖甲失神失去記憶親像一身布袋戲尪仔隨在伊抽扭，手仔燒燙燙，聽伊噯唷噯唷噯袂煞，一時仔看伊身軀搖越三、四下，感覺我的手黏黐(thi)黐臭青味，著驚趕緊共手抽倒轉，衝出去門口，彼個大人坐落去床頭目睭無睨金，噯唷噯唷愈噯愈無元氣。我衝去水挾(hiap)仔，水道頭開上大港，雪文糊重重，一遍閣一遍，洗甲規枝手紅貢貢，頭殼掌佇踅圓箍仔，心肝那搖喉仔那念，哪有這款世事！哪有這款世事！過足久我才敢行倒轉去寢室，彼個大人已經無影無蹤土跤嘛無留甲一屑仔痕跡，毋過臭青味猶原黏踮我的心神散袂去。彼暝睏甲半暝我驚醒起來，頭殼接接搬彼個影像，不知不覺煞伸手去摸著家己的，定翹翹，我依樣葫蘆，心跳加速，有講袂出喙袂曉形容的失神爽快，一時仔褲底黏黏濕濕，我無扒起來繼續溫存佇虛無飄渺，不在意是飄沉落地獄抑是飄浮入天頂，隔轉工，我不再失神嘛毋敢講出喙，這遍經驗道變做一層永遠不可告人的祕密。

　　親像是傳奇的故事，一隻戰船（太平艦）予共匪仔炸沉去，規粒台灣島鬧甲搬海翻魚蝦起痟亂蹤亂跳，大大細細的報紙攏是頭條，有的閣加號外，台灣頭喊到台灣尾，我平靜的日子嘛予風颱尾掃著，政府通令學生囝仔愛上街頭愛國遊行，我手拽細枝青天白日滿地紅的國旗抗嚨喉底喝口號：殺豬（朱）拔毛！反攻大陸！解救水深火熱的同胞！口號喝甲大大聲，心內膽膽毋敢出聲，暗問共匪敢會拍過來？暗暗仔煩惱猶是綴人繼續喝，大大聲，一年準備！二年反攻！三年掃蕩！政府的大人借阮囝仔喝口號助膽，口號喝袂煞隨閣通令辦活動喊捐艦運動，大大聲，炸沉一隻我們造二隻！學生囝仔大大細細一人一元，大大聲，愛國愛爭先！人人有份！我伸手入去橐(lak)袋內摸园甲燒燒的一箍銀，儉咧一、二個月，頓張閣頓張，嘛是撏(jîm)出來落(lòok)紙箱仔，心有不甘，偷偷仔走去便所內大聲操(tshò)。

　　陳老師踮讀冊會講，我們要起帶頭作用，閣甕聲，我們要發起投筆從戎擴大愛國運動，我夯頭，陳老師的目睭金金共我相，親像是針對我喝聲，你敖讀冊你更加愛帶頭表現，我想講伊是叫阮出去街仔路糊壁報畫尪仔，我勇敢共扰(tím)頭，陳老師第二遍閣宣導時伊的聲嗽震動門窗，面仔紅到耳根，我們學校不能落後！我著驚覺悟伊是與(î)真的，我無路可閃，想著周光雄，伊佇市黨部做啥物組長，周光雄恢復喙仔笑笑，我隨提起投筆從戎伊對喙道應講這項好！我辯解，好男不當兵！做阿兵哥有啥物好？伊笑笑解說，你猶是毋捌世事，你目睭睨予金，即馬是啥物時代，總統是軍人，省長是軍人，含市長嘛做

過兵，你若想欲出眾超人這是一條光明大路。我想我出來讀冊
是欲日子較好過，毋免予阿娘透早無閒到暗，周光雄報的光明
大路我一屑仔道無欣羨，心肝嘛無動搖，伊看我無動無靜閣笑
笑開破，你會記持有表現較有好康的通分的舊話？你若帶頭喝
聲，你予陳老師有面子，你的日子會較好過煞毋是？伊的開破
我有小可仔動心，周光雄閣續落去，投筆從戎是鼓舞你去讀軍
事官校，官校有大學資格，讀冊閣毋免錢，聽著讀冊免費閣有
大學資格我目睭隨金起來，心肝嘛動搖，阿娘毋免閣去替人洗
衫煮飯，規粒頭殼親像甩(hàinn)轆鞦愈甩愈懸，共周光雄扰頭
說謝隨轉去共陳老師請頭功。

　　海軍官校入伍訓練禁止外出，訓練煞放假二工我準備好
欲轉去看阿娘，佇車頭真扰好撞著好友林言文，小學仔同窗，
自小學畢業分手到旦毋捌見過面，心情激動我準阿改變主意先
去怹兜(tau)，伊工業職校畢業了後去台電達見水庫做監工，冬
外前伊辭職轉來高雄跟怹兄哥畫圖閣創造手工藝品，看怹滯的
厝無蓋好食的閣真儉省，我百思不解，台電好頭路伊咔會欲辭
職，伊無講伊的動機，簡單解說怹生理扰開始無知名度，生活
清苦三頓愛走蹤，毋過逐工有時間會凍畫圖，工課若有閒，一
工畫咧十幾點鐘，照家己的計劃生活真踏實，我無伊彼款經驗
體會袂出來伊的話意，伊揤我去看伊畫好的作品，一張看過一
張，我的心靈無特別感受嘛無特殊震動，我自知家己無畫圖的
本事嘛無開喙共呵咾伊的創作，阮講足濟囡仔時陣的囡仔代，
講著囡仔代阮的笑聲特別大聲親像囡仔時代的往事特別臭芳特

別有趣味，伊坦白愓的物質生活貧乏，毋過追求精神生活的滿足會凍補貼(thiap)，畫圖是如何用線條，用色彩，用構圖表達物體佮心靈的真善美，這是一項絞腦汁的艱苦代，毋過腦汁是愈絞愈有汁，真善美若夢幻咧，深奧滑溜無止境。我聽甲霧傻(sà)傻，日子好過道是物質生活的改善，追求的動力道是追求改善，伊講追求本身道是咱精神生活的滿足，我無體會過這款經驗袂曉分享伊的心得，毋過分手時我掠一份好友送予我，我一生受用不盡的禮物，我意外發現讀課外冊的樂趣。

官校圖書館的冊排甲整齊整齊，我反來反去佮課本差無外濟，黨國的歷史，黨國的英雄，愈讀愈失真；同學有色情的雜誌我借來偷看，好奇心偷看二、三遍道滿足嘛隨消風去，若想欲看恰意的冊愛去冊店買，毋過摸橐袋仔攏是無夠錢有講袂出來的心痛，放假日我若無倒轉去看阿娘攏是去踅冊店，高雄市內全一條街仔路有四、五間冊店相黏，我會記持頭一遍我反著一本翻譯的冊，盧騷（Jean Jacques Rousseau）的《懺悔錄》（Confessions），翻譯的冊時空背景無熟似讀著袂深入，我袂記持是啥物原因《懺悔錄》引起我的注目，毋過盧騷的坦白真言親像吸鐵仔共我吸稠稠，我看咧二、三十頁無想欲放手，但是直覺有店員佇凝(gīn)我的後殼(kooh)，我緊記頁數無幹頭行出門，踅入去第二間，我無閣去反別本冊直接揣出來《懺悔錄》，反到頭久彼頁續落去，盧騷談伊的愛情經驗，伊佮大姐頭仔的性生活大膽刺激，我續落去四、五十頁毋敢久留恐驚店員踏倚來詼，我頁數記咧閣趖去第三間，盧騷講伊的社會契約的政治理論，自然的哲學觀，讀起來有較酸澀(siap)速度有較慢，我

讀一、二十頁緊徙位，踮第四間我共規本的《懺悔錄》讀了了，吐一下大喟行出店門，佇踮公車的候車亭咬搓咧搓咧，三、四點鐘假若佇探險咧，我歡喜喝出聲，我揣著一個免費讀冊的好樂園啦！摸一下橐袋猶有二、三個銀角仔，走去買一枝枝仔冰，心肝頭冰涼冰涼，頭殼內有真濟盧騷的懺悔，我疑問彼敢是伊的懺悔？我肯定彼應該是伊的自我探討，反省，伊的心歷路程。

我讀冊親像是食迷魂藥咧，讀甲入迷失神，迷死迷瀾有閒道讀，唯林言文怹兄哥返借冊倒轉來，有法國的作家，有蘇聯的作家，我日佮暝沉迷踮羅曼羅蘭的英雄史話，托爾斯泰的《戰爭與和平》，《安娜卡列麗娜》的戀情，我吸收自由主義，個人主義的大名辭津津自樂，誰知我讀甲迷死迷瀾煞予指導員叫去伊的辦公室審問，伊大聲責備我思想偏差，正經冊毋讀耽迷邪說，閣歹沖沖共我警告，讀冊拍歹頭殼鍛鍊身體才是軍人的本色，老師！我毋知按怎辯解！

周光雄無閒市議員助選中間閣勺工來官校揣我，叫我踮軍區替黨提名的候選人謝之雄設計傳單分發傳單，我推講我毋捌政治，伊看出來我是驚出事，共我強調謝之雄是海軍退休的將軍閣有黨的支持袂有代誌，我毋知黨佮軍是毋是全一國，心有餘悸(kuī)，雖然扰頭答應並無積極行動，一禮拜後伊閣來共我推揉(sak)，我想無方法共伊拒絕只有拍開門窗替伊公開執行，誰知我一下公開，一、二工後道有五、六個同學自願來佮我鬥相共，我毋知怹的自願是真是假，但是看怹大家骨力無計較閣

做甲有形有聲，阮真正共謝之雄的知名度炒熱起來。二、三禮
拜後我猶是無看著指導員來共我調問，心內的煩惱慢慢仔消風
去，誰知佇投票日的前一暝，指導員親來掣我去伊的辦公室，
我暗暗仔叫慘，且做道做了，欲刣欲割隨在伊，我祈求祖公仔
有靈聖保我有冊通讀，指導員叫我夯椅仔坐，我想講這款好禮
敢會是行刑前的好頓？伊喙仔笑笑，聲調溫柔，呵咾我有變竅
出力為黨做代誌無計較名利，伊講謝將軍吩咐選後欲佮我見
面，我毋知伊的呵咾是真是假惦惦毋敢出聲，據在伊講甲喙邊
全波，離開辦公室，我無閣驚惶，心肝頭親像突然開花，毋過
心疑這場戲敢會是有人設計，我毋知是周光雄抑是指導員，抑
是怹二個人聯手，我的興奮毋是親像做一項有益的代誌，顛倒
感覺我是予人操縱予人使用彼款受辱的感慨。

　　選舉了後，我聽的路邊消息攏是講謝之雄是名符其實的食
錢雄，鬱卒甲無窗仔口通透偷偷仔去問周光雄，周光雄的解說
証實路邊消息是事實，我質問，黨裡敢無敖人？我直追無放手
伊才吐出真言，伊講黨裡的標準是揣忠心聽話的人，貪污食錢
是變象的補償，我再度瘋然大悟，伊較早講的咱有好康的通分
道是不管目的是正是歪大家若共謀大家共同繁榮！讀冊假若是
照鏡咧，冊若讀一下濟，我的鏡面會變較闊較明，毋單照會著
家己的頭面含家己的心肝嘛照趟(thàng)過去，沉迷課外冊不知
不覺心神嘛孚(puh)出來新穎，新穎愈生淡，我道毋敢相信世
事是絕對的，我會想孔仔想縫欲共世事鑽空探看內底敢會是金
包銀，抑是實實在在佇生肉，這款心理敢是世俗人號做不滿現
實？狗仔若有通食隨在主人叫懸叫低對主人永遠溫順不二心，

人有智慧，祭擺佈，祭喝東喝西，會憤慨，會厭煩，會質問，會探討，這煞毋是人類智慧自然生長的歷程？

　　周光雄摰我去參加謝之雄中選的慶功宴，會場富麗堂皇，洋酒，山珍海味樣樣皆有，花枝招展的女士伴隨星光閃爍的將星，頭一遍看著這款場面心肝頭親像做七級的大地動，周光雄去招待黨部的大人，我家己坐踮邊仔勻勻仔濕柳丁汁，謝議員手捧香檳喙仔笑嘻嘻行倚來，你道是巫根源，我趕緊徛起來，伊笑聲，你夜暗會凍來我真歡喜，我無意無意共伊扰頭，伊閣笑聲，你出力贊助我一定會記持，我歹勢頭仔抵抵，雄雄一個香水味四界溢(iā)的美女踏倚來，伸出二枝籤細的弱手共伊扭咧走，我吐一下大喟，心謝彼個美女替我解圍，周光雄閣幹倒轉來酒氣規頭面，笑嘻嘻，伊講這遍大勝予伊真有面子，伊欲偷報我一項密令，密令是軍校的在籍學生會凍轉校讀文的大學，啥物大學啥物科系無限制，有效期間六個月。我知影大專聯考的困難度，尤其是想欲考入名校的科系是比上天閣較難，世間哪會有這款好康的代誌？我驚伊是酒醉失言閣大聲問一遍，伊猶是笑嘻嘻，講是大頭家的孫仔佇陸軍官校讀袂落去，黨部的大人拍馬屁專門替大頭家設計的，續落去革一個奸臣仔笑，你敢有想欲傍(pñg)神作福？我一時無主見嘛佮伊奸臣仔笑，毋過經過一禮拜的深思，我自覺我若繼續浸落去這款環境，將來的日子假若是行入去暗喙喙的磅空卡看道看袂著磅空口的日頭光，我決定先共天公借膽向指導員提出申請，後果如何我無考慮嘛毋驚予人譏笑我的虛偽，心想先離開這個火坑才閣講，提出申請了後，逐日提心吊膽，我煩惱人二室是毋是有

我較早留校察看的歹紀錄，一個月後，指導員揣我去伊的辦公室，相全叫我夯椅仔坐，我的心肝頭碰碰趒等伊宣告，伊宣告上司調查結果認為我的紀錄良好特准我的申請，我偷捋(juah)一下心肝頭暗叫一聲好佳哉！共指導員說謝離開伊的辦公室，雀躍歡喜棄武就文，我承著好康的紅雨！歡喜過後我才想著旦我是欲唯佗位提錢去讀冊？我袂使予阿娘閣為著我讀冊暝佮日拖磨，我的心靈沉落海底沐沐泅，茫茫渺渺，兩枝手大力划，頭殼浮出來水面，想講路無行過哪會知是啥物路，泅倚岸邊，我決定向頭前踏出第一步。

　　我決定無欲閣予阿娘操煩，毋過嘛揣無有親晟朋友有錢通贊助，失望傷心，就踮兵營三、四工想無步鑽無縫，喝聲規氣煞煞去閣請指導員撤銷申請，逐遍我若行到指導員辦公室的門口就是毋敢弄門，我去揣林言文，恁兄弟仔是世間上上有情的朋友，攏鼓舞我袂使放棄之，恁的生理猶毋是足起色嘛提五百箍贊助，我錢提咧感激的目屎湊湊滴說謝閣說謝，有恁兄弟的好意我的困境猶是揣無出口，我怨嘆傍神作福承著紅雨哪有啥物路用，怨聲連連就是毋死心，我決定欲閣試看覓咧，謝之雄講過伊感激我的出力，我先去揣周光雄講明我的心意，過咧三、四工周光雄攏無回我的消息，我憤慨喝聲，原來大人物的好意只是如此如此，好聽話講規牛車！毋過我猶是無死心，想講是我求人贊助哪會使革大範(pān)，我愛較迷死迷瀾咧！到第六工周光雄才來揤我去謝之雄公館，伊解說謝議員去台北昨方才接著消息隨吩咐欲佮你見面，我一聽暗叫一聲好彩頭嘛開始非非憨想，伊欲贊助偌濟錢？一千？二千？謝議員好禮招

待講足濟好話我記無半句，我心心計算等候貴人大出手，周光雄親像故意拖棚佮伊討論黨部的代誌浪費袂少時間，我的心肝綴他的話尾跳懸跳低足想欲喝聲叫周光雄緊講正題，等咧誠半點鐘，服務小姐茶斟咧四、五遍，我的膀胱漲甲強欲硞破，才看著謝議員夯頭看時鐘，服務小姐閣來斟一遍茶，謝議員才講伊有準備一千五百箍，我伸手接過伊交予我的信封，說謝閣說謝，謝議員親切送阮到門口，吩咐我好好仔讀才閣轉來共伊鬥跤手，我一粒頭殼扰(tím)甲欲斷去。轉去到兵營，我倒踮眠床雙手摩(mooh)彼個批囊(lông)貼踮心肝頭，我做白日夢，我親像有如來的神術即時共我的夢化成嬌嬌的美夢，我大聲叫，出日頭啦！出日頭啦！我欲來去台北啦。

　　我的美夢綴北上的火車一直綴到台北，等我跤踏落台北的土跤才清醒，我毋敢哮出聲，家己一聲罵過一聲，白痴！白痴！欲抱怨誰人！誰叫我歡喜過頭，干單想千五箍，若有千五我道有冊通讀；我憨甲有倷，失算無想著愛生活愛食飯，七百五十箍的註冊費繳煞我倷七百五十箍，較看嘛是七百五十箍袂加一箍袂減一仙，後半年的註冊費，我準做儉儉仔用，七百五有可能有夠我一冬的生活費，且我是欲去佗閣提七百五十箍？煩惱閣煩惱，閣想較長咧，準做予我閣揣著貴人贊助七百五十箍，嘛干單讀一冬爾爾！我愈想愈驚惶，怨感(tsheh)，責備，我哪會無頭殼遮呢重要的代誌無考慮著，我想講莫(mài)閣展雄神規氣坐回頭車，我坐落去床頭，我若坐回頭車即馬我是雙頭無一搭，我是註定無冊通讀嘛無面子見阿娘，

我有目屎拭甲無目屎，且生米道煮熟飯啦，人講水來土擋，我決定先延長七百五十箍的使用期間，我決定欲一工食五粒饅頭配滾水，雖然食袂飽閣無滋味，每吞一喙我道告誡家己，勇敢面對現實。

室友鄭明雄佮我相全身份，伊是唯陸官校轉學，阮有臭氣相投的特殊情誼真緊道變做有話講袂煞的知己，彼早起阮做伙食饅頭，伊笑笑問，根源敢是做過兵你好像對饅頭有偏愛？伊的話鑿著我的心肝，我面仔憂憂無出聲，看我無出聲伊閣問一遍，我猶是恬恬，心想，我敢好坦白家己的困境，明雄的家境富裕敢會凍體會我的艱難？伊家己自言，我毋捌看你去過宿舍的餐廳，敢是你的經濟有困難？伊了解的慰問，我扰頭吐出心聲，我毋是愛食饅頭，伊閣問，咱的室友蔡正明一禮拜教二位家教你敢無共伊請教？我應講咱是半桶師仔毋是正科班出身，英文無好，數學嘛無底，我欲教啥？我想講我有體力會凍做粗工，但是毋知欲去佗引做工，閣恐驚做粗工會影響讀冊，伊猶是恬恬聽我自白，我哪會毋知家教是求生之道，費時間袂影響讀冊，但是準做家長無棄嫌我混飯吃，我敢對得起家己的良心！我忍稠目屎無出聲，好日子的路途咋會遮呢坎(khām)坎坷(khiat)坷，無飯通食閣愛佮良心征戰！明雄看我頭仔頷(ànn)頷無講話，細聲安慰，伊有一個好友伊欲替我去問看覓咧。

明雄的好友叫做李仁傑，李仁傑隨約時間見面閣講欲共阮加菜，我臆明雄事先有替我講好話，見面仁傑道呵咾我敖讀冊，欽佩我上進的精神，我聽甲歹勢毋知欲按怎應話，笑笑，腹肚閣夭，親像監(kann)囚(siû)咧我顧食好物，明雄佮仁傑那

食那配話講足濟恁的往事笑甲大細聲，我毋知頭毋知尾夯頭佮恁微微仔笑，等甲恁講話朗(làng)縫，我好奇問仁傑即馬是踮佗高就？仁傑笑笑，毋是啥物高就是捧一碗鐵飯碗，我踮台銀的放款部做工課，我聽過銀行的薪水外好掛外好，莫(book)怪伊有本事請阮食好頓，伊夯頭對我講，伊有一個客戶陳先生，做進口生理，有錢閣和氣，雖然恁宛仔是講北京話的人毋過恁毋捌注音符號，伊一個細漢後生讀國小一年，提起欲倩家教補強恁後生的注音符號，伊佮陳先生有接合過，我趕緊抃頭閣說謝，心想真正是好運，貴人隨出現！我事先準備好的悲苦前奏曲道省掉無演奏，明雄嘛共仁傑說謝，阮分手時仁傑交代家教的薪水一個月四百箍，約定隔轉工伊欲掣我去佮陳先生見面，彼暝，我一夢接一夢，嬌橋，我夢見祖先顯靈，叮嚀我貴人的恩情愛謹記在心。

陳公館滯踮好額人的住宅區我坐零南的公車會到位，一禮拜去三工，暗頭仔六點到八點，陳先生紹介恁後生長武佮奶母做伙滯，伊生理無閒禮拜時仔才有轉來，叫我有啥物代誌交代奶母道好。奶母好笑神對我真親切，每一遍我去上課伊攏會先斟一杯柳丁汁采踮桌仔頂，我費盡心神絞盡腦汁，想咧幾偌暝日，干單三十七個注音符號我是欲按怎拖二點鐘？我講童話故事，一個無夠長講二個，長武厚話閣好動，毋過真聽奶母的話，奶母若叫一聲仔長武道乖乖乖。二禮拜過去，長武童話故事聽甲臭賤，我換講神奇的故事，時間若猶有倩換我做伊的聽眾，長武講伊家己的囝仔古，時間親像有較緊過，二個月了後，長

武接接聽我佮奶母講台灣話叫我教伊台灣話，我二點鐘煞變做無夠用，原底枯礁無味的上課變做生動活潑，我佮長武的相處嘛變較輕鬆。我有家教的固定收入了道計劃儉錢，嘛敢去宿舍的餐廳食飯，我步入安定之路。

自從頭一遍仁傑的紹介了後經過四、五個月我才閣佮陳先生見面，佮陳先生見面時我煩惱陳先生毋知會責備我教長武台灣話袂，尻倉攝(liap)燌燩，好佳哉，陳先生干單交代我後半冬會使加教長武的算術，我吐一下大喟，有較安心但是較想道想無，陳先生咔會甘願出這條錢？補強注音符號短期間道會凍完成，伊若愛欲有人佮長武做伴，哪使倩我這個大人？看起來陳先生開這條錢是有別物目的，敢會是佮仁傑的職務有牽連？我毋知陳先生是做啥物生理，嘛毋捌銀行放款是啥物工課，敢會是放款佮做生理有啥物瓜葛(kap)牽連陳先生才會遮慷慨！仁傑送我這份遮大份的恩情我毋知欲按怎報答。

我恐驚功課綴人袂著，一日二十四小時減去睏的時間道是摩冊死背佮做白日夢，我偷偷仔欣羨同學優哉優哉的優閒生活，佳哉，我無予欣羨擾亂我的心神，我認份好日子的路程道是坎坎坷坷，嘛認識家己的困境毋敢非非奢望，我佮明雄做伙去一遍圖書館，圖書館規厝間規厝間的存冊，閱讀室曠闊闊清靜，我細聲共明雄偷講，這是我暝佮日眠夢的夢境，但是我為生活奔波閣愛全精神浸踮課本，久久仔才去鼻一遍芳，有眠夢的樂園袂凍分享樂園的美妙樂趣，我精神的酸痛比腹肚夭大腸告小腸閣較歹忍受！

我佮明雄佮蔡正明做伙閣搬一遍宿舍，新舊的室友總共有

五個，其中有一個是讀圖書館系的叫做林福成，予伊牽成我頭一遍探險禁冊的園地，應該講是禁報，林福成偷講，超過十冬的舊報紙愛焚燒，這期欲焚燒的是民國三十四年前後的報紙，伊有影著內底有上海發行的《文匯報》佮《大公報》，阮五個室友目睭無轉輪，金金相林福成，向望伊偷摩轉來宿舍，林福成踮圖書館打工，大家毋是驚伊予學校辭頭路，是恐驚萬一若有外洩代誌是外大條閣外大條，誰人敢擔林福成的危險，林福成頭仔頷頷無出聲，大家心內有數毋敢強求，經過二工，暗頭仔，林福成摩一綑報紙蹤入來寢室，出聲叫明雄趕緊關寢室的門，彼暗拄好無人出去家教，六個人參詳決定先五個人輪流看，一個去門口讀冊把風，大家讀禁報的慾望強力比會羗掉去剖頭的煩惱閣較勁(gēnn)插旺盛。一綑報紙分做五分，讀煞輪換，規間寢室無半聲話聲，有時有二、三聲短嘆長吁(hu)，有時聽著細聲操，有時有喙口詛(tsòo)詛叫，過咧一、二點鐘明雄洶洶爬起來共電火轉細泡，大家禁喟恬恬聽室外走廊的跤步聲，無人出聲等甲跤步聲消失，閣過咧一點鐘輪著我去外口把風，講阮是拼生命讀禁報嘛無過份，五瞑，六個人若瘖人咧，逐暗，功課放咧，若作賊咧，嘛親像開夜車拼考試，到第五瞑阮共最後一份交予林福成綑縛好勢，大家才吐一口大喟，相眵(nih)目，喙仔笑笑，結束阮五瞑拼生命的探險。

三、四十冬後，我有閣經過袂少次探險禁冊的園地，但是第一遍探險偷讀禁報的記憶，頭殼內的印象猶原栩(hū)栩如生，偷讀禁報的當時我是好奇，無比較哪會知《大公報》、《文匯報》是報導事實，但是黨國認為《大公報》、《文匯報》是致

著天花傳染病禁止所有的人去看，這煞毋是黨國作賊心虛？陳
儀擔起來二二八的罪虐黨國無掠伊去剖頭閣共伊升官，世間
哪有這好孔閣怪奇的代誌？誰人有權派兵去台灣？敢是陳儀？
清清楚楚干單一個人，蔣委員長，蔣介石，陳儀搬演做蔣介石
的替死鬼，詐稱蔣介石毋知台灣人血流成河，假若是講盤古開
天的囝仔古騙騙三歲囝仔，事後經過幾偌冬陳儀予蔣介石摠
(tsāng)去槍決，彼是伊欲投靠共匪仔佮二二八無牽連，凡勢是
蔣介石欲殺人滅口，陳儀永遠封口，蔣介石永遠是台灣人的救
星！事變經過較加三、四十冬啦，黨國嘛猶爭論二二八到底剖
死外濟台灣人，二百、二千、二萬？二百毋是人，二千毋是人，
二萬才是人，黨國報紙盤弄(lāng)文字特技製造數目字的煙霧，
剖死二百個台灣人毋是殘殺台灣人！痟話，親像二百個台灣人
毋是人，一定愛剖死二萬人才構成屠殺？悲哀啊悲哀，台灣人
道愛夆剖死二萬人才構成做一個人的條件？猶閣有一個記憶，
三、四十冬後我的印象猶是真深刻，到現斯時咱攏嘛猶叫遐有
頭有面的台灣大人物「半山仔」，口氣假若是咱鄙相遐的大人
物，我的印象假若毋是鄙相是尊稱，親像是講遐的大人物干單
有唐山人一半的聳勢！恁猶存有一半台灣人的善心！真歹勢，
遐有頭有面的大人物若毋是出面掣中國兵仔剖殺台灣人，道是
大聲替黨國講好話的人，假使恁若真正有一半台灣人的善心，
二二八台灣人敢會死遐濟？誰人嘛毋知這個結論，叫恁半山仔
是欺騙家己，若共恁號做「半員仔」，講恁猶存有一半唐山人
的惡毒心，毋知恁敢會有疼惜台灣人，愛台灣的心？

　　我有固定收入了心神較安定，讀冊嘛較有心得，毋過認定家己是半桶師仔的觀念並無改變，想講若綴人會著道謝天謝地啦，誰知期末考公告成績我竟然排踮第二名，我毋敢相信家己的目睭，一遍看過一遍，著驚變歡喜，歡喜了後變有信心，毋過時常會做龜龜怪怪的惡夢，夢著陳先生無閣做生理，夢著仁傑調職，清醒時道罵家己製造驚惶，質問家已敢會是恐驚家教中斷！我想講若認真讀冊道無時間通驚惶，毋過虛榮心作怪想欲繼續徛踮頭二名，我道佮課外冊離緣，我的心靈失去反省的鏡面，不知不覺走入半桶師仔的窄(tsik)巷，狂信家己，美其名號做鬥志旺盛，心靈活動的領域據在自我追求去控制，我期待儉有夠明年的註冊費佮食飯錢，我計劃歇熱停睏一禮拜仔轉去厝裡，阿娘毋捌字，我無希望家己的感情別人讀批予伊聽，我欲家己講予伊聽。

　　暗頓食飽我佮明雄唯餐廳做伙散步倒轉去宿舍，行過校園的大道，雙爿的椰子樹生做瘦抽嘛發育甲懸懸懸，尖尖長長的葉仔親像纖細的指頭仔綴微微仔風捘咧挩咧，樹仔跤，草埔仔頂，三五成群的男女同學坐咧，偃咧，笑聲話聲混奏，我那行那欣賞嘛慶幸家己選擇著路，偷偷仔呵咾家己敢共天公借膽，轉去到宿舍明雄講仁傑吩咐伊有代誌欲參詳，我一聽驚惶心跳敢會是家教欲中斷？彼暝踮眠床頂車跋反規半點鐘袂入眠。

　　仁傑穿西米羅結(kat)油食粿假若紳士咧，講伊拄好送走大顧客夜暗欲掣阮去食日本料理，坐踮塌塌米的房間，仁傑點咧十幾項菜，閣叫服務的嬌查囡仔烘二壺(ôo)Sake，沙西米配Sake毋單鮮甜閣較芳，我毋捌領教過酒精的氣力，貪著甜芳大喙飲

唭幾偌喙頭殼輾憨輾憨，聽著仁傑講陳先生閣二個月欲搬去香港我才驚醒起來，原來我的怪夢毋是樹葉仔無風起搖！我心肝頭趄袂煞，且欲按怎？仁傑看著我面仔起憂煞顛倒笑笑招阮飲Sake，過一時仔伊才講伊有閣替我揣著新的家教，我轉笑面趕緊敬酒說謝，心想這款代誌哪道閣啥物參詳伊家己主意道好，我確定明年的生活有倚靠了後安心仔那食那聽伊佮明雄配話。明雄問伊有好頭路咔會想欲閣讀大學？仁傑吐一下大喟，講伊無大學的學歷業績較好道是升袂起去做課長，明雄！我逐工應酬到半暝哪有時間通讀冊？明雄隨應講即馬政府特設大學夜間部欲予在職人員進修，問伊咔毋試看覓咧，仁傑繼續吐大喟，明雄仔！毋是讀的問題，我愛先考著學校啊！我看明雄恬恬，仁傑嘛恬恬掠我金金相，我毋知恁是佇搬啥物戲齣(tshut)，無人出聲嘛無人食物件，過一時仔仁傑才閣出聲，根源你敖讀冊，敢好拜託你替我考試？我一時頭殼轉袂過應講準講我考著，我的名欲按怎變換李仁傑入學？仁傑笑出聲，你用李仁傑的名去應考，明雄反應較緊，仁傑欲叫你做伊的槍手！我想起來無外久進前報紙議論紛紛不止仔鬧熱討論槍手的問題，酒精氣消了了，我著驚這毋是小可仔代誌毋敢應話，嘛無閣鼻著沙西米的芳味。仁傑分手時無閣提起這層代誌，明雄嘛無佮我討論。

我確定明年的生活費有保障照計劃儉錢，成績猶是排踮班裡第二名，暗暗仔推算閣冬半，冬半，我道會凍行出磅空，誰知自從彼暝仁傑請食日本料理了後我無一暝睏會落眠，時常夢中驚醒，我捫(bûn)心自問，這一冬順序過日安心讀冊是誰人

的恩賜？誰人伸出寶貴的援手？夢中，祖先顯靈叫我哪會使放
惦惦，我有能力替仁傑應考，毋過，毋過萬一代誌若出差錯呢，
我這冬外的努力，仁傑的贊助，煞毋是完全變成烏有？我若有
存心感恩，適當的時陣做出報答，毋免一定愛做違法的代誌，
但是誰人會了解，誰人會知影我有想欲報恩的心！規禮拜我內
心征戰不停，我才提出勇氣佮明雄討論，明雄講仁傑有閣問伊
我有啥物反應，明雄聲明伊有共仁傑表明伊無贊成我做槍手，
我睏袂落眠的暗暝，夢中赫精神的時刻，期待祖先會閣顯靈，
毋過祖先親像共我放袂記持，細漢時的教訓，講知恩不報豬狗
牛，假使準備工課若做有周密齊全，假使我若好運，代誌若無
出差錯煞毋是兩全齊美？仁傑有學校通讀升做課長，我行出磅
空過我眠夢的好日子！我共明雄表明心意，明雄猶是無贊成，
但是我佮仁傑做準備工課時伊嘛是主動參與(ù)。

　　我佮明雄佮仁傑討論二、三暝，明雄佮我認定致命的關鍵：
我的面形頭毛形佮仁傑無相全，猶閣有，我有真好的視力毋捌
掛過目鏡，仁傑是四眼田雞近視六百度，仁傑叫阮等伊先佮伊
開照相館的好友討論看覓咧，伊的好友宛仔姓李。三工後，仁
傑約阮去李照相館見面，仁傑無紹介，李先生自動化妝我的面
形，戴假髮閣掛無度的目鏡，唯無相全的角度翕(hip)三、四遍，
無解說啥物叫阮二工後相全時間見面。李先生共洗好的四張相
片排踮桌仔頂，閣园一張仁傑的相片，叫我佮明雄唯四張內底
揀一張較成仁傑的相片，我佮明雄一看攏著驚，四張逐張道成
仁傑的相片，最後四個人做伙選出一張，李先生無解說伊的特
技，阮嘛歹勢問，李先生細聲交代仁傑掣我去伊指定的剃頭店

剃頭，閣吩咐仁傑愛買上好的無度的目鏡。一個月後我生出來
新的頭毛形，嘛足足訓練一個月掛目鏡讀冊，才閣約去李照館
翕相，二工後，四個人對照我的相片佮仁傑的相片，共齊喝聲，
有成，真正有成，一模一樣！我放心，轉去到宿舍我才共明雄
偷講我心中的驚惶，經過一個月的訓練我猶是袂習慣，我猶是
會不知不覺共目鏡剃掉，我煩惱掛目鏡會是致命傷，明雄接接
扰頭，伊閣強調我猶是會凍拍退堂鼓，伊欲負責共仁傑解說，
一禮拜後，我共明雄講我決定努力以赴，無講出我眠夢的預感。

　　入學考試六科分做二工考明雄佮仁傑陪我去，仁傑踮街仔
路口的店仔相等明雄踮考場接應，我的桌仔位倚窗仔邊，觀賞
窗仔外的花園，看陪考親友的熱誠，我才小可仔共心跳平靜落
來，毋過頭殼額的汗珠仔猶是毋聽話接接孚(puh)，目鏡片變甲
霧霧霧，每過一、二分鐘仔我道剃落來拭，接接剃我恐驚會牽
嫌疑，我夯頭相一下監考官佮副監考官，我影著監考官是一個
教官心肝頭即時趒一大趒，我毋敢閣夯頭，照規定共准考證园
踮桌面的左手角，監考官有巡倚桌仔邊對照准考證，我姑意夯
頭，監考官對照了共准考證閣园落去桌仔頂恬恬行開，我暗想
過一關啦，我有較安心，考第二科時我的心跳無閣澎趒袂煞，
監考官有閣倚來對照准考證我猶是姑意夯頭，我無閣遏驚惶，
不知不覺接接共目鏡剃落來，有時剃落來真久我才想著道趕緊
閣掛起來，第三科是下晡時仔考我的注意力無早起時的集中，
剃目鏡的次數增加，有一遍臨時想著趕緊提起來掛時拄好監考
官行倚桌仔邊，我搐(tshuah)一大趒，好佳哉，拄好時間到，
我三伐做二伐大伐行離考場。

　　第二工早起時因為已經安全過一工，我的心神有較放鬆，無閣記掛這是生死問題會接接剝目鏡，監考官若行過桌仔邊我道姑意提手巾仔拭額仔頭拭目鏡，我發覺監考官對照准考證的時間有加較長，含副監考官嘛來對一遍，我開始緊張，那緊張汗流那濟那接剝目鏡，考第六科進前，我的手巾仔澹漉漉我共明雄借手巾仔，明雄共我搭一下肩頭，細聲，偆一科爾爾較鎮靜咧，我無講出監考官已經對我有嫌疑的感覺。煞尾一科我扰好寫第二條的答案，監考官來叫我去頭前，我預感周密的煙霧破空，准考證搦咧面對監考官，你立刻離開考場，不離開，我馬上交給警察，我頭無幹走出考場，叫明雄緊走，明雄那走那喝聲，我細聲應出事啦，出事啦！到路口佮仁傑會合，明雄喝聲，出代誌啦，出代誌啦！叫仁傑緊離開。

　　頭一工的透早，我起床道去反報紙無看著有任何報導，規工嘛無聽著電台有啥物繪影繪聲。第二工的報紙我猶原無看著有啥蜘絲馬跡，規禮拜，我假若行屍走肉等待死刑的宣判，心神的小船徛踮暴風湧中失去槳舵，無一時穩定，滿腹驚惶毋敢對人投訴，含明雄我道三緘(khiâm)吾口，恐驚我若講出喙會去牽累著伊。一禮拜過去，猶原無任何動靜我才鼓起勇氣共明雄傾訴，明雄問我，我哪會看著監考官道著驚？我應講彼個監考官面熟面熟，明雄追問，敢會是彼個監考官刁工放你一馬？我應講我猶是想袂出來彼個監考官是啥物人，當然我嘛想無伊有啥物理由欲放我一馬。二禮拜過去，三禮拜，四禮拜閣過去，猶原無看著有任何的波動，我開始相信是祖先有靈聖保佑，我求得短暫的平靜，毋過不時道會閣七上八下。暗頓後，明雄揤

我去較偏避的樹仔跤，我非非亂想，大驚小怪敢會是發生啥物
山崩地裂的歹代誌！我看伊的喙角浮出來伊家己嘛無相信的笑
紋，伊講仁傑歡喜約伊見面，仁傑講伊有收著考試的成績單，
雖然有一科干單十分但是總分超過三百分，伊錄取啦，伊嘛順
利交家己的相片正式註冊入學，我聽一下愣(gāng)愣去，明雄
敢是講天方夜譚！真久，真久，攏無出聲。明雄講仁傑欲親親
共我說謝，我大聲喝出來，奇蹟！祖先有靈聖，監考官真正放
我一馬！心想我報答貴人的大恩啦！我無閣接接注視外口的暴
風湧，毋過心神猶是有一屑仔難以形容的不安，我無看著啥物
形象，目睭嘛無任何閃熾，我細聲共明雄講暫時最好莫(mài)見
面。

　　期中考了後，我家己一個人踮課室手提冊頭殼飛去十三天
外，無張池聽著助教叫我的名，伊講訓導處有一個遲教官欲揣
我，我綴伊去系辦公室，佮遲教官一照面，我心跳三丈懸，愣
去，面嘛攏綠落去，遲教官道是彼個監考官。遲教官掆我去伊
的辦公室，好意叫坐，問我敢猶會記持？我清醒起來，親切叫
一聲遲輔導官，閣問伊當時唯海官校調職來名校？伊笑笑應講
較加半冬啦，停一時仔，伊單刀直入，巫根源！你家己心裡有
數我為什麼事叫你來？我扰頭，伊閣講，我看過你人二室的紀
錄，你是忠貞黨員，二個月前我把事情呈報主任教官，主任教
官簽示，你如認錯悔改寫悔過書就不再追問，我因為去受訓一
個月沒有時間找你訓教，但是二個禮拜前，主任教官收到有人
向他密報約我商討，指令兩星期內你辦完休學離開學校，訓導
處把案子歸擋，你如有異議，我們依法嚴辦，我無思考共遲教

官說謝閣講我一定照做，經過一禮拜我共休學手續辦好了才共明雄報告這層遲來的惡厄(eh)，明雄聽甲傷心目屎流，聲聲，哪會按呢？哪會按呢？細聲安慰，伊欲說服室友掩護予我繼續滯宿舍，予我有時間計劃將來。我衷心共明雄說謝，二冬的友情我終生難忘。伊閣唯橐袋仔搵出來三百箍交踮我的手心，我錢搵咧目屎滴落來，明雄才是我這二冬的真正貴人。

　　眠夢的預感，我只求得一美，我毋知是家己受傷殘癈，但是我無後悔，我嘛無怨天尤人。我的向望是我宛仔會凍行出磅空口看著日頭光，誰知我是予人搝出磅空口，面臨千萬丈深的溪崁，閣無搖搖擺擺的吊橋通行，頭前是山頭相疊的高山峻嶺，我愛家己揣出路草越山過嶺，徛踮斷崖絕壁的頂懸，我手捾自我追求的燈籠，我無傷心，我無滴目屎，我的傷心，我的目屎，昇華化成我求生的源泉，我大聲喝出天無絕人的生路！

　　我去青年就業輔導會申請紹介工作，一禮拜後接著通知我去金瓜石金屬礦業公司報到做礦工，金瓜石的黃金時代已經雲煙消散，即馬是挖銅礦，挖甲到海底一百公尺以下，礦空的溫度懸過攝氏四十度，礦工若挖咧誠十分鐘道愛停睏淋水真正硬斗，我想講細漢有擔水抾柴的硬骨頭，即馬閣認份有任勞任苦的鬥志，久道習慣，接接家己鼓勵，二禮拜過去，三禮拜閣過去，我鼓勵的叫聲愈喝愈細聲，骨頭的酸痛愈來愈酸痛，離家出外讀冊規十冬骨頭已經變成(tsiânn)文身，滿腹的鬥志不敵體力的虧損，暗暗仔嘆苦，閣經過二個月家己認輸喝聲這毋是我的頭路。我踮報紙看著有一個黨國元老開設一間學術研究

院招考研究生授碩士學位，我道以同等學歷報考，毋單被錄取
閣是錄取第一名，一個月有六百籛的補助研究費，我跳起來歡
喜拜謝祖先無共我放揀(sak)。我轉去名校的宿舍搬走留存踮寢
室的行李，順續欲共明雄報告我的好運，老朋友見面，明雄比
我閣較興奮請我食暗頓閣報一件好消息，親像中著愛國獎券頭
獎我大聲喝咻敢有影？明雄講有一個早阮二屆的林姓室友已經
請著獎學金欲去美國留學，伊踮景美代課的教職校長請伊推薦
人選，明雄招我緊做伙去揣林姓學長，我問是欲教啥？伊講英
文，我順喉閣問一聲英文？明雄夯頭共我相，根源！私立學校
學生素質無蓋懸毋免驚，你踮名校訓練二冬啦，毋過我毋捌教
過冊的驚惶猶是砥(te)壓袂落去，驚惶歸驚惶我哪敢僥(hiau)俳
(pai)共好機會放予走去，我細聲共明雄喝，我轉運啦！雙喜臨
門，我的目睭前閃爍好日子的路程，嘛孚(puh)出嬌嬌，拍殕
仔的橘紅光，閣鼻著彩色溢(iā)出來的蜜甜芳味。

　　我教三班每禮拜十五節課，逐工我愛用加倍的時間準備閣
愛趕研究所每禮拜八節課，真正是時間無夠用，逐工，無閒，
無閒，心力的負擔比體力閣較壓迫，頭一遍家己會凍趁錢飼家
己我有講袂出來的滿足，學生囝仔的素質毋單無懸閣無讀冊的
興趣，一班若有七、八個欲聽講課我道偷笑啦，教咧一個外月
佮怹有較熟似，看怹逐工無閒辦活動親像蹉跎活動較是怹來學
校的目的，怹捌請我做伙佮怹週末郊遊，我接接推辭感覺歹勢
有去參加一遍，踮烏來耍(sńg)水，行吊橋，怹當少年有蹉跎
袂了的行當(tàng)，中晝時仔有芳貢貢的雞肉通食閣配清新的
景緻，鬧熱詩意。無張池聽著一個女同學尖聲喝叫瓊瑤來郊遊

啦！即時二、三十個男女同學聽著聲看著影圍圍過去，重重疊疊共出名的女作家圍甲水洩不通，我聽過瓊瑤的大名毋捌看過伊的冊，好奇徛遠遠觀賞，大作家離開了有一個女同學共我展瓊瑤共伊簽名的冊，我看冊名是《煙雨濛濛》，我共彼個女同學借倒轉去看讀甲半瞑才看煞，感嘆連連，莫(book)怪青春少女入迷！瓊瑤用字精鍊，描寫少女的心理閣有伊的特技，我閣共彼個女同學借《窗外》轉來看，袂記是啥物理由看一半道共冊還冊主。

我逐工固定時間去學校，毋是正式教員嘛毋免參加學校的集會，聽講全校有較加六十個的教職員，我有相撞的同事無超過二十個，我無有特別理由去認識同事的姓名，相撞時笑笑扰頭，男同事有的有回應有的含頭道無幹，毋過女同事攏會微笑回應，我煞顛倒歹勢毋敢正視，感覺每一個女同事攏有風度閣嬌面嬌面，有閒的時間我若毋是準備教學道是讀研究所的專科冊，心肝底不時道佇痟想閣去浸浴課外冊的樂園，毋過時間有限干單會凍反寡無營養分的冊，這款冊過目無物件稠踮目睭，大腦心神無躍動，我道號做無營養分的冊。我看同事若有閒攏相招配話，毋知恁是話家常抑是討論問題，親像恁逐工都有話講袂煞，我無自動恰人話仙粕豆，暗想同事毋知會尻倉後批評我孤獨無合群袂，出乎意料，閣有同事無棄嫌看會恰意。

下班時間規間教職員辦公室恬䂻(tsiù)䂻，我一疊考卷猶有一半無改，無想欲捾倒轉去公寓閣捾來學校，徛起來伸一下勻，想講規氣改改予了，突然，聽著跤步聲行倚來，夯頭，是一個捌相撞的女同事，伊喙角微微仔笑，甜甜的女聲，你敢

是教高三英文的巫老師？突然的微笑女聲予我一時毋知欲按怎
回應，臨時革出來笑面閣扰頭，伊徛咧閣問我攏是看啥物冊？
我著驚兼歹勢，伊有佇注意我，細聲應講無啦攏是教科書，你
猶佇讀冊？我扰一下頭，伊閣無徒跤講伊宛仔愛看冊，自我紹
介伊是教高一的國文（中文），我聽著伊講愛看冊閣夯頭，問
伊攏是看啥物冊？伊喙角微微仔笑，攏是無營養的冊，我趑一
趑伊佮我講相全話語，無營養的冊，袂記持我是佮伊頭一遍講
話，我敢好共妳借冊來看？伊猶是微微仔笑，你若有恰意當然
無問題，我先共伊說謝，伊講伊的公車時間連鞭到，微笑行離
開，我繼續一份改過一份，毋過伊喙角的微笑親像一粒糖甘仔
予我含(kām)踮心肝頭，我恐驚融散去勻勻仔唅，規疊考卷改
煞行去坐公車時，我的心肝頭猶有甜味，倒轉去到公寓才想著
我無問伊是叫做啥物老師？我偷偷仔去反教職員一覽表，伊叫
做許雲蘭老師，伊有紮冊來借我看，無名氏的《北極風情畫》，
郭良蕙的《心鎖》，王藍的《藍與黑》，好佳哉伊無紮瓊瑤的冊，
若有，我道毋知欲按怎推。阮見面開始有加減講幾句仔話，唯
天氣講到學生的素質，唯招呼續(suà)甲粕豆，講話的時間嘛唯
二、三分鐘續甲半點鐘，規點鐘。我自知橐袋內攏是貯幾仙錢
仔，伊親像有慧眼會凍看趟(thàng)我的大腦心肝頭，阮若做伙
出去食自助餐伊會大方去納錢，我哪敢無男子氣慨，規劃真久
的儉錢計劃只好放予流產。伊約我去一間西餐廳食西餐，我真
正是親像劉姥姥進大觀園，好佳哉伊無查某囡仔的祕思(sù)親
切閣大方，細聲教我右手夯刀仔左手夯叉(tshiam)仔，飲湯時湯
匙仔愛権(khat)向家己，我袂記持彼頓是食啥物，幹頭幹耳看

別塊桌的人客敢有佇偷看偷笑，伊是食甲真滿意，接接討論現代女性，我想伊是欲減輕我這個劉姥姥的笨拙(tsuat)尷尬(kam-kāi)，我干單會記持伊講真濟鄧肯（Duncan，現代舞）的故事。自此以後，我開始逃課，研究所孫逸仙的遺教佮黨國的歷史我攏無去上，讀教科書的時間嘛減少，接接做白日夢，眠夢變有彩色，二十外冬烏白的生活圖片頭一遍加印色彩，好日子的路程無閣親像烏白時陣的單純，我沉迷有彩色的迷魂陣。

禮拜日我招伊去碧潭划船仔，細漢時有撐(the)竹排的經驗，自信袂踮伊的面頭前漏喟，展雄神划去遠遠較無人的湖中，湖水青碧，小舟盪漾假若是神仙浮雲飄逸。伊紋紋仔的笑意伴隨轉換的湖景，小舟無方向的旋轉，日頭光加熱，我手搖雙槳，湖面微風習習，水鬚綴槳搖點點滴滴，阮頭殼額生淡的汗珠無閣接接閃爍，我問伊敢有欲靠岸停睏？伊流連湖景笑笑搖頭，唯山頂氣流推捒片片的烏雲加速生淡，罩崁規天頂，日頭予烏雲趕去歇睏，風勢一陣快過一陣，烏雲加緊跤步聚聚規堆，西北雨仔大粒大粒無請家己來，我趕緊欲划靠岸，伊笑笑，喝聲，等咧，等咧，你看規粒碧潭煙雨濛濛！我據在小船仔慢慢仔蹔輾浪，看袂著湖水看袂著天頂，嘛看袂著伊的嬌面，雨珠親像針線穿鑿過白霧，水面喝出咚咚的接應聲，阮看袂著人面只聽著哈哈的笑聲，我伸手承雨珠捽白霧，西北雨來時緊去嘛速，阮笑相笑嘻嘻，我出力划倚湖邊，靠岸，阮大聲笑親像二隻捽落湖裡的落湯雞坐踮湖邊曝日頭。

暗頭仔伊招我去伊的公寓，講伊的室友夜暗袂轉來，阮買二份便當，伊問我敢有想欲看有營養的冊，我毋知是啥物有營

養的冊嘛是隨扴頭，伊抾一條(liâu)較懸的椅頭仔去壁角，徛起
去頂懸伸手捼一片四四角角的天蓬(pông)，閣伸入去烏暗的天
蓬摸(bong)一時仔提出來一本細細本仔的冊，我接過手，《狂
人日記》，毋過喝無出聲，這敢毋是禁冊！伊親像知影我佇想
啥，細聲，叫我踮伊的公寓看，我扴幾偌個頭，一、二點鐘
我親像禁喝泅水，一頁反過一頁趕緊反到最後一頁，干單會記
持，仁義道德，會吃人的人，等我讀煞伊才共冊閣藏起去天蓬
的烏暗內底，牽我的手送我到公寓的門口，我笑面感激無話
語，拽手，行開，閣斡頭接接拽手，親像我猶是牽稠伊的手，
轉去到公寓我坐踮桌仔前出神，雲蘭纖細的手指輕輕仔靠踮桌
面，我牽稠伊的手，自言自語，雲蘭相信我？雲蘭相信我！我
毋甘放開伊的手，據在彩色的眠夢天花亂墜。週末雲蘭閣約我
去看禁冊，這遍伊是唯衣廚的內底內底反出來，我共魯迅的傑
作《阿Q正傳》讀二遍，伊耐心等我讀煞才共我講冊是您阿叔
唯一個朋友借來的，我無追問來源，感激伊用心體貼。以後，
阮踮學校猶是扴頭招呼毋敢公然的牽手，阮的約會祕密，加速
頻繁，禮拜日相挈去山頂，去海邊，有時週日的暗時仔嘛相約
去飲咖啡，適當的時間伊會付錢化解我橐袋仔揔無錢滿面豆花
的窘(kūn)境，我貪婪彩色的眠夢，暝時仔夢雲蘭，早時仔睏醒
期待緊佮雲蘭做伙，有雲蘭做伙，路中的炎光變成和熙溫暖，
路邊的花草相爭綻(tiān)放青翠，有雲蘭做伙，日子完美，若有
雲蘭做伙，若有雲蘭做伙，我暝佮日做嬌夢，著青驚，初戀予
我親像夢遊，予我親像精神分裂，假若夢囈(gē)我叫問，雲蘭
敢有佮我做相仝的彩色嬌夢？敢有？

　　拄好領著頭一遍的薪水我招雲蘭閣去食西餐，伊笑笑共我詼，問我敢食會出味？想著頭一遍的笨拙，面色紅夠耳仔後，我家己點魚排，我無想欲捽掃伊的興趣，喙口猶是呵咾有魚仔味，毋過心肝頭是嫌甲無一塊，若欲食原味猶是食台灣海產，我上有印象的是伊替我點的甜點，叫做布丁親像是茶甌倒采的形狀，淺卵黃色，頂懸是深色的糖蜜，入喙幼綿綿滑溜溜，這遍我無閣歹看相，但是夯刀叉仔猶是親像舞關刀咧，離開餐廳伊招我去伊的公寓我隨應好，想講這遍毋知伊是欲掣我認識佗一個大作家？我坐踮桌仔邊無看著雲蘭去揉天蓬抑是去反衣廚，伊捧二甌茶出來坐踮我的對面，解說魯迅的冊伊提去還怹阿叔，愛閣過一時仔才有新冊，我聽一下興奮勼(kiu)水無出聲，伊問我讀《阿Q正傳》了後敢有啥物感受？聽著伊提起阿Q我的興頭閣起夯，應講魯迅真正對怹中國人的精神生活觀察入微，毋過伊嘛有一屑仔崇洋共主角叫做阿Q，雲蘭隨續喙，怹彼陣的人當流行洋字，伊才無號做阿桂抑是阿貴，我閣假博，我講阿Q嘛有分類，有十分的阿Q，九分的阿Q，八分的阿Q，一直到一分阿Q，雲蘭聽我臭彈閣無共我詼，你敢是欲講親像咱踮西餐廳食牛排，有人愛食十分熟，有人食五分，有人一定欲食流血流注的一分熟？我扰頭，十分的阿Q人數傷濟，但是一分的，二分的嘛不計其數，阿Q的優勝法親像慢性的傳染病菌，病毒留傳百年千年袂斷根，含咱嘛有中著毒。伊續喙親像啥？我提懸聲調，妳看咱的社會若有出啥物代誌，咱攏先指責別人，敢做敢當的非阿Q親像踮咱的社會絕跡真奧(ó)揣！伊講伊有同感，若叫咱承認錯誤假若親像叫咱上斷頭台

咧！我大聲喝讚，有影！有影！伊徛起來講欲閣去泡茶。

　　茶泡倒轉來伊順喙問我敢知影即馬幾點啦？我無掛手錶仔，搖頭，伊講已經過半暝啦叫我若無棄嫌準阿踮恁的公寓過暝，伊的室友轉去南部，我興奮的話屎猶是飽滇滇扰頭應好，續了阮閣討論啥我袂記甲半項，因為發生我一生難忘的記憶，阮興奮對話毋單費心神閣消耗體力，我倒落眠床悾悾悾無關電火，毋知是毋是因為毋是家己的眠床我假若睏袂入眠，眠眠中親像有人坐踮床邊，我目睭瞇瞇仔，假若是雲蘭坐踮我的床邊，我搐一大越，伊敢是欲來質問我咋會無關電火？我歹勢目睭睨較金，伊猶是無徙位嘛無講話，伊穿一領粉紅仔長睏衫，面仔無日時仔遐粉紅，頭毛落落到頷頸仔，面形畫甲圓圓圓，喙角笑意微微仔，平常時仔我攏是觀賞伊纖細的身材，此時此刻更深夜靜，單獨伊佮我，我貪婪 (iâm) 的目神看趖過伊纖細的身材，一眼深過一眼，伊喙角猶是微微仔笑意，我唯貪婪的心神清醒過來緊坐起來問伊敢有啥物代誌？伊徛起來牽我的手，我歹勢扒起來欲穿外衫外褲，伊無予我時間牽我行出伊室友的房間順手關電火，房間暗嗦嗦，我攀無東西南北，想欲問話一時緊張嘛毋知欲問啥，綴伊摸入去伊的房間，伊牽我坐踮床頭，我目睭展較大蕊，伊的粉紅仔睏衫落落去地板，行倚來我的面頭前，我過度興奮緊張心肝七上八下碰碰越，跤手攏失靈，伊伸出溫柔的雙手共我鬥相共。毋知時間過去外久我才赫精神，雲蘭仆踮我的胸崁，伊披散的頭毛拄著我的鼻喙，我毋敢振動恐驚共伊搖醒，我的頭殼內猶是佇搬演頭久的甜蜜，一幕搬過一幕，心肝頭綴頭殼內搬徙的銀幕越高越低，我閣瞇瞇

仔偷看敢有共伊拍醒，雲蘭猶是睏甲親像睡美人，頭殼內的銀
幕繼續搬演，我食著仙桃化身變做神仙，我雲遊二座懸山，懸
山的守護女神親親迎接，伊先掣我試探山頂的噴泉，環山遊覽
了才招待我去山跤洞中飲仙酒品味，我飲甲醉獅獅，女神嘛嘻
嘻哼(hāinn)哼，賓主合歡，我愈想愈興奮，無想欲止擋興奮，
興奮加速親像脫韁(kiang)奔馬，我輕輕仔共雲蘭反一下身軀，
伊目睭無睨開，喙角浮出來微微仔笑意，細聲，哼一聲，阮做
伙飄遊天霄(siau)，阮奔入極樂的仙境，美妙的仙境！我的眠
夢，不再是眠夢，慾火美化愛情，幻想散失心智，我無閣計較
雲蘭是毋是佮我做相全的彩色嬌夢，沉迷，沉迷，我毋知雲蘭
當時溜落眠床，伊閣來仆跂我的胸崁時伸手捋一下披散的頭
毛，細細聲仔，阿源！你無想欲問，我咋會無流血？我猶是沉
迷仙境，伊的話聲無共我叫清醒，我輕輕仔搖一下頭殼，過一
時仔，伊牽絃我的手，猶是輕輕仔，你敢有重視？我恐驚出聲
驚走美妙的仙境，牽絃伊的手閣共身軀攬倚來，閣過一時仔，
我聽著伊的細訴，伊傷悲的心聲，我的未婚夫過身去，我出力
共伊攬絃絃，伊嘛共我攬絃絃。

　　節日雲蘭轉去中部陪伴恁母也，恁爸也早道過身恁母也
守寡育飼恁兄妹仔，我假若嘛有較加半冬無去揣明雄道幹去
宿舍，明雄報講和平東路的幹巷仔內有一擔真讚的牛肉麵擔
仔，牛肉大塊閣焿甲爛爛辣(luàh)辣，牛肉湯若飲落去攏會糾
(khiû)頭毛，伊共頭家喝倒二甌米酒，辣辣的牛肉湯配米酒頭
仔飲落到心肝底起火燒，頭殼額仔是大粒汗細粒汗湊湊滴，我
問伊咋會捌這步？伊那拭汗那講，伊跂高雄捌看碼頭工人的豪

爽，前幾月日仔路過這條巷仔內鼻著芳家己先試食一遍，今仔日是好食鬥相報，阮二個人哈哈大笑硞(khook)甌仔灌一大喙，停一下喘，明雄共我講伊決定無欲踮台灣讀研究所，伊已經考過托佛嘛申請學校，若有消息伊道欲辭掉助教去美國，我欣羨嘛替伊歡喜，伊摸著好門牽(kian)自細漢道會凍計域(ik)好日子的路程，我踮心內苦嘆幾偌聲，人的命！明雄問我敢有啥物計劃？我應講等研究所讀煞揣一個好頭路，我滿腹複雜的心緒毋知按怎講出喙，我未撞著雲蘭進前的好日子，我的路程親像是畢卡索抽象的立體畫，形體設定時間空間，光暗線條佮形體袂對稱，眠夢中，形體，時間，空間，光暗，線條假若攏有話講互相相爭，我目睭若擘(peh)金道愛佮風雨走相逐(jiook)，好日子永遠是期待是幻想，浸浴雲蘭的愛情仙境了後，自我追求佮慾望佮愛情征戰不息，好日子的形象不時不陣戰甲霧煞煞，自我追求的狂熱，眠夢好日子七彩怒放，我毋捌看過七彩齊現，我思想，我幻夢，我認真欲畫描，較畫道是一副裂裂落落的形象，浸浴雲蘭的仙境煞顛倒掣我伸長頷頸仔向望七彩怒放，逐日坐踮畫布的面頭前失神。明雄報講存在主義即馬踮學校親像火燒咧，轉去宿舍伊提幾偌本雜誌佮論文予我，我K一暝，存在主義行講啥我一知半解，毋過《西西佛斯的迷思》（The Myth of Sisyphus by Camus）予我深深沉迷，西西佛斯共一粒大石頭揉起去山頂，大石頭若揉到山頂道隨閣輾落山跤，伊一遍揉過一遍，我感動甲替伊流目屎，苦嘆好日子的路程一定愛有親像西西佛斯這款勇氣這款耐心，我閣倒轉去揣明雄借冊，有《異鄉人》（The Stranger），《瘟疫》（The Plague），《嘔

吐》（Nausea），攏是存在主義大師卡謬（Camus）佮沙特
（Sartre）的中譯小說，讀大師的小說，存在主義是啥物我猶
原是一知不解，毋過我狂熱沉迷小說內底的主角假若親像我細
漢看歌仔戲看甲熱狂單戀苦旦，暝佮日道是幻想欲佮伊私奔。

　　我有閣去雲蘭的公寓讀禁冊，讀魯迅的〈孔乙己〉，讀馮
友蘭的《哲學概論》，毋過我沉溺(lik)存在主義的荒謬(biū)存
在不能自拔，讀禁冊失去親像我讀《阿Q正傳》時的熱情，雲
蘭接接叫我搬演我以前的烏白電影，我會插演我入迷的《異鄉
人》，傳播自我追求的熱狂，伊無斬斷我的熱狂攏是客氣徙開
話題，我醉沉仙境，伊是細訴伊的哀思，恁未婚夫冤獄被殺，
挫傷幻滅伊少女的美夢，伊驚惶，伊迷失，十字路口攏焯紅燈，
不知路向，我陪伊哀怨，聽伊細訴，毋過熱衷狂熱，我無閣深
思伊是毋是佮我做無相全的彩色孄夢。拜六中晝我無課毋知欲
揤雲蘭去佗位蹉跎，雲蘭講伊有一項代誌，我想講敢會是伊的
學生出啥物問題？伊唯皮包仔抽出來一個大牛皮信封內底是二
份公司股份證券，恁母也交代伊去揣轉讓人背書，我有讀過公
司法毋過這是頭一遍看著真正的證券，看足久才認出來是有記
名的證券，歹勢甲規面紅貢貢，第一個主人是一個親切的老歲
仔，伊讀一下證券道扰頭同意背書，笑笑問阮恁二個少年翁仔
某遮少年咔遮有本事買股票？我歹勢幹頭過去看雲蘭，雲蘭嘛
拄好幹頭相相(siòng)，二個人的面仔攏變甲無自然，毋知阮是
因為聽著老歲仔講少年翁仔某抑是歹勢阮少年有本事，緊共老
大人說謝勻勻仔行開，第二個的主人是一對中年翁仔某，恁徛
透天厝，查甫人探問阮的因由了道背書，阮嘛是笑笑說謝，二

點外鐘的時間代誌辦煞，我原本緊張的心肝頭有消風去，慶幸
代誌順序辦煞，我掔伊去冰果室食涼水，問伊敢是愛閣辦理股
份登記？伊講恁母也有固定人替伊發落這款代誌，過一時仔，
親像是臨時起意，伊牽我的手招我做伙去板橋，無等我問話，
續喙喝講咱來看一個人。

　　恁阿叔叫做許榮基佇板橋開製藥廠，恁阿嬸拄好有代誌出
去，雲蘭簡單紹介我是伊的同事猶佇讀研究所，我共恁阿叔扶
一下頭，雲蘭唯皮包仔撏出來彼個牛皮信封推(tu)予恁阿叔，
喝講伊欲去灶跤仔泡茶，恁阿叔先看證券的正面才核對背面的
背書，我暗暗仔稱讚雲蘭，原來伊是來請教內行的阿叔閣核對
一遍，雲蘭捧三杯茶出來，恁阿叔推牛皮信封還伊講背書有齊
全，我暗暗仔歡喜無出差錯，恁阿叔幹頭問我讀冊的代誌，
我回答三、二句道無話通講，佳哉，雲蘭及時出喙掩護我的
尷尬(kam-kāi)，伊問阿叔的生理代，提起生理，許榮基的話頭
親像水道頭開大港，苦嘆一大拖的艱苦經，講生產的藥仔若無
對症，藥仔錢是外艱苦趁咧，佳哉恁的藥廠有外路仔，我看伊
夯頭共我相一下，伊的話語親像黏踮喙口，雲蘭共伊扶頭了恁
阿叔才閣煞落去，恁的藥廠有人佮美軍顧問團有真好的關係，
顧問團過剩的藥仔抑是過期的藥仔攏交予恁處理，伊喙仔笑哈
哈，若這款藥仔錢道輕可趁啦，閣共我眲(nih)目，我毋知頭毋
知尾嘛綴伊笑哈哈，續落，許榮基講一寡五四三的生理經，我
袂記甲半項，我的頭殼親像炒冷飯咧接接炒彼句藥仔錢輕可
趁，毋過我毋知生理錢是按怎趁，較炒嘛袂了解啥物號做艱苦
趁？啥物輕可趁？原底想欲探問雲蘭這個阿叔敢是借予伊禁冊

的阿叔，嘛袂記了了。

分手時雲蘭呵咾我反應敏捷，做代誌有頭有尾袂拖東閃西，彼暗我坐踮窗仔前雀躍(tshiook-iȯok)，歡喜予伊肯定做事能力，我無預感，完全無預感，艷麗的嬌夢會親像彩虹(khīng)踮日正當中消失無蹤無留半絲痕跡，經過三、四十冬，我的迷思猶原是一生難忘難解，三、四十冬後我已經無炙(tsik)熱起狂，若冷靜推想，彼當時，我津津自喜，我毋知雲蘭掣我去揣人背書閣去聽許榮基談論生理經是伊求証的歷程，伊走揣肯定伊欲拋(pah)碇的港口敢會予伊平靜倚靠，我狂熱的鏡面一定有相仝的閃爍，閃爍他未婚夫被殺予伊驚惶，予伊幻滅，予伊徛踮十字路口，伊無信心，嘛無勇氣閣再行一遍舊路，雲蘭我按呢推測敢著？妳敢會記持？我共妳搬弄文松（Meursault ，《異鄉人》的男主角）的故事：文松逐日過相仝的生活，若準有關心只關心現此時，怹母也的葬禮伊無流目屎，怹母也的朋友愛欲看伊流目屎，伊講流目屎佮怹母也死去有啥物纏代；伊的女友媽莉愛欲佮伊結婚，伊無力無脈應講結婚道結婚，伊無信上帝嘛無信仰來生，伊毋是刁故意佮人無相仝；朋友招伊去海墘仔耍水，伊佮彼個阿刺伯少年雞仔無怨無仇，法官追問伊刣人的動機，伊隨便應答是因為北菲炎熱的日頭予伊開槍彈死人，法官問伊咔會欲連彈五槍，伊應講伊嘛毋知是為啥物；法官責備伊無反悔，質問伊無信上帝閣無道德倫理，判伊上斷頭台，親像毋是伊刣死人才判伊死刑！雲蘭，這道是存在主義的荒謬人生！踮美國生活三、四十冬我較認識怹一神論的社會佮咱多神論的社會有全然無相仝的社會規範，怹的社會，上帝的言語

（聖經）道是伊的子民的社會規範，道是伊的子民的道德倫理，上帝是萬能的，二千年來上帝是恁生存的絕對權威，莫(book)怪尼采喝上帝死去的名言，恁的思想會震動天地，上帝死去，伊的子民親像飄浮大海失去槳舵的小船，東西南北團團轉，彼當時，我讀《異鄉人》無了解文松道是無信上帝煞變成含伊家己道無熟似的生份人，伊的叫喝，伊的冷酷，伊的行為，伊的控訴，道是伊佇走揣無上帝存在的人生路程，無上帝存在的人生，道德倫理失落地基，社會規範異樣，人生變成荒謬的人生，猶閣有，我嘛毋知西西佛斯無奈共大粒石頭一遍揉過一遍，彼是人類命運註定的悲劇，毋是伊有啥物勇氣，追求自我，我狂熱，我知行合一的體驗荒謬，踮妳目睭前的閃爍，予妳驚惶，予妳不安，妳的驚惶不安佮妳欲走揣安全拋碇的港口，踮妳的內心是按怎征戰，妳毋捌傾訴，我嘛無閣有機會聽妳細訴啦。

　　雲蘭講恁母也身體欠安伊禮拜時仔愛轉去陪伴母也，這一冬來我有伊做靠岸的生活頓失岸壁，禮拜時若到我變甲憨憨發呆，我問恁母也是致著啥物症頭？伊講醫生嘛檢驗袂出來，身軀愈來愈瘦，食食愈來愈少，我向望恁母也緊好起來，我毋知這是雲蘭佇揣時間冷靜回顧，我接接問恁母也敢有較好？伊講醫生開的藥仔親像有對症恁母也的食食有較正常，我阿歡喜阿放心嘛親像閣有影著伊的喙角有笑意。我共講我的計劃，欲揣一個假日佮伊做伙去遊高雄，伊無反對嘛無應好，原底我想欲講的話嘛倒勼入去腹肚內，我已經幾偌冬無轉去看阿娘，這遍若有雲蘭做伴，阿娘一定足歡喜一定會共厝邊頭尾品茶(te)，

我只好期待您母也緊好起來。

　　海商法下課了廖正義招我去飲咖啡，研究所六個同學伊佮我較有話講，伊踮調查局工作三冬才辭職來讀冊，伊世事看較濟滿足我的好奇心，伊歡喜先開喙，講閣半冬爾爾咱道畢業啦，閣講伊欲做進出口生理，我聽著怪怪，正義你毋是提碩士欲去做大官？伊笑出聲，做大官宛仔會趁錢無毋著，毋過做生理趁錢毋免親像做大官愛揹(phāinn)一個不安的良心，我共詼做生理敢攏穩趁的？這遍伊大喙笑哈哈，伊講台灣有一款穩趁無了的生理，我掠伊金金相，號做伊是練憨話講諏(hám)古，伊閣叫二杯咖啡，我燒燒哈一大喙聽伊講往事，伊講故事是伊親親調查的案件，您有收著一封密報，講有一個李建一的進口商走稅，伊佮二個局員去調查，李建一的大兄李治明佇國貿局做大課長主管核准進出口的執照，台灣管制進出口無執照不准進出口商品貨物，伊停一時仔，問我咱若去病院探視親友攏是揹啥物禮物？我毋知伊是啥物用意對喙應講揹水果，伊閣問敢是攏會有蘋(phōng)果？我應講我毋捌揹禮物送人，伊解說蘋果踮台灣是高級水果，一粒五爪的美國蘋果連海陸運費成本無超過八箍，關稅四箍，進口商加您的利潤八箍（內底有三箍是大官的佣金），中盤商閣加一手，小賣一粒是四十箍，貴參(song)參人嘛是買去食，你敢知影這款進口生理第一無競爭，因為您巴結官員控制執照的核發；第二蘋果若有虧損，進口商獨占營業免負擔損失，攏是中盤商小賣家己喝衰(sue)去推矯，我聽甲霧煞煞愣愣，伊是笑甲大聲細聲，這道是台灣穩趁的生理！我問李建一敢有牽掉去關？伊搖頭苦嘆有錢會使鬼拖磨，我好奇

共問，咱是按怎食蘋果愛削(siah)皮？伊接接搖頭，削皮食蘋
果食無著蘋果上重要的營養分，但是無削皮閣恐驚中毒，你敢
知，水果商為著保持蘋果的色水好看偲出口時共蘋果拍蠟，我
是號做削皮食較高貴煞毋敢出聲。

　　彼暗我冊提咧目睭有看大腦無收，想著閣一學期爾爾，二
蕊目睭煞起霧，閃爍好日子，路標，仙境，錢色，錢形，我生
出新的憧憬(tshiong-king)，正義的故事，我的觀念漸漸形象化，
我憧憬再憧憬，好日子，五色繽(pin)紛，好日子，規路美物仙
果。雲蘭講偲母也的病情惡化，醫生的藥仔失去早前的效力，
伊接接請假，阮久久才有見一遍面，新生的憧憬即刻變成親像
礁蔫(lian)去的花蕊，伊講偲母也信神逐日求神明保佑，問我敢
知影咱有千千百百的神明？我惦惦聽伊解說，伊講神明是咱的
精神食糧，咱的神明無絕對規範的權威，神明的旨意是善男信
女佮神明互通的意念，媽祖婆若無靈聖咱徙去共王爺公燒香，
咱永遠有神明通懇求保佑！我無信神明，毋知伊敢是欲區別信
仰上帝佮信仰神明無相仝的言外之音？閣過咧一、二個月我攏
無見著雲蘭，我著狂走去伊的公寓，偲厝主講偲攏退租搬走
啦，我去學校查才知影雲蘭二禮拜前已經辭職，我共人事室討
偲厝的地址，我決定等學生期末考了才親親去偲厝，我緊按地
址先寄去我數念的批信。

　　我招正義做伙轉去研究所想欲了解最後一學期的課程閣
探聽就業的消息，嘛想著有較加一學期的研究費攏無領，我共
正義品講我有較加三千箍的研究費欲請伊食中晝，伊詼講錢領
著才講，我毋知伊是事先有聽啥物風聲抑是詼耍的，我代誌探

聽好勢問所的辦公小姐領我的研究費，小姐搖頭講我的研究費
攏無撥落來，叫我家己去教務處問看覓咧，正義講伊無代誌欲
佮我做伙去。教務處的小姐叫我去註冊組揣錢組長，錢組長少
年英俊調西米羅坐踞大塊辦公桌仔簽公文，我徛踞桌仔邊客氣
請問，伊夯頭掠我金金相假若我是啥物刑事犯咧，質問我咔會
規學期攏無來上課，我知影伊是指孫逸仙遺教的課，我辯解我
有來期末考，分數是八十二分，伊講教務會議已經取消我的研
究費閣規定我愛補四節課，我一開始道無恰意伊質問的口氣，
聽著伊閣講無承認考試的分數，火氣大沖，喝聲你親親監考
的，我無偷看無抄別人，恁無承認恁家己的評分，這是啥物校
規？伊嘛無示弱，你違犯上課的規定無共你退學已經是放寬處
分，我知影三千箍的研究費是烏有去啦，我若閣無來補課毋知
怹欲閣變啥物齣頭，愈想愈火焯，受氣大聲，恁若無所費道講
一聲毋免揣理由刻扣我的研究費！伊嘛受氣大聲，罵我無理取
鬧噴火傷人。我看有理辯袂清欲鬧道鬧予夠額，踏倚伊的辦公
桌仔，出手欲反桌，正義唯我的後壁共我扭倒退，錢組長面仔
青損損徛起來，正義溫和插喙，取消研究費已經是大處罰啦，
伊愛趁錢食飯敢有必要道叫伊來補課？錢組長毋知是有正義出
面講情抑是著驚落軟，講伊會呈報予我順利畢業，我猶是火攻
心，大聲，我無希罕這個學店的學位！正義細聲叫我莫閣佮伊
吵，錢組長無大聲，講我若有碩士學位毋免留學考試，我火氣
猶原無消，閣大聲，我無遐衰潲(siâu)，若欲留學堂堂正正的考
毋免行後路！正義無予我講煞共我拖出辦公室，我無幹頭毋知
錢組長面仔是毋是猶青損損，我是出一口烏煙瘴氣無半絲仔後

悔。

　彼中晝顛倒予正義請食一碗牛肉麵，正義刁工講足濟
五四三的痟話分散我的烏煙瘴氣，牛肉湯閣較好飲嘛是無剿消
透我的憤慨，正義共我搭二下肩胛頭，閣抄怹厝的地址電話予
我，接接叮嚀叫我保持聯絡，若有困難毋通歹勢，我的目屎擠
到目睭眶(kînn)無輾落來，感謝閣說謝，分手時，伊閣共我提
醒，少忍咧讀予畢業，我無應伊，共伊拽手行去坐公車。

　我轉去公寓毋知是天氣炎熱抑是心肝頭火燒，頭殼憨憨惛
假若羊暈雞仔，心神無好想講規氣共學校請假，倒落眠床，閉
目養神，向望睏一時仔看會較平靜袂，毋過頭殼親像開關歹去
的機械照常運作無法度關機，我若無讀予畢業，無文憑，我會
凍做啥？教冊？我毋是真有趣味，機械的活塞上下抽動就是揣
無答案；我若閣倒轉去讀予畢業，裝做我彼日是起痟，面皮革
予厚厚厚，無尊嚴無骨氣，一學期爾爾時間短短仔；毋過我氣
憤袂消，錢組長若認為上課返重要咔會無禁止我入考場？堂堂
一個學府借這款芝麻小事的理由刻扣三千箍的研究費，不可思
議！不可思議！我質問家己到底我是唯佗生出嫉(tsit)惡如仇的
勇氣，爸母生成的？我寧願做乞食道毋做軟跤蟹(hē)，時間閣
較短嘛是袂使屈服之，但是此後我欲按怎過日？頭殼鬧烘烘，
機器準阿家己恬去。我赫精神時，房間暗嗦嗦窗仔外嘛烏烏
烏，我真正好睏睏甲半暝，喉礁喉渴(khat)，開電火揣白滾水，
看著桌仔頂有一封批，先灌一碗白滾水，細細張仔，無幾字：
阿源！阮母也病體加重，我辭職專心照顧，我需要時間冷靜，
咱莫閣見面，雲蘭。批紙搦踜手心，即時化成一個面肉橫橫的

刣豬的，我是化成一隻牽綑縛四跤的豬公，刣豬的先斬我的四跤，四跤重傷亂舞亂蹤，伊閣唯腹肚贊一刀，我豬聲尖叫，哀聲連連，心肺俱裂！刣豬的最後一刀斬落我的豬頭，腦髓噴甲規四界，我無聲無說，隕(ún)落去土跤，真久，真久，我思考，閣思考，雲蘭欲冷靜，冷靜？我哪會毋知？我傷心，唯一刀一刀割開的心肺揣無傷痕，我懊惱，我責備，責備家己……我坐踞土跤，真久，真久，我思念，閣數念，唯阮熟似的第一日到昨方，喙角微笑，讀啥物冊，西餐舞刀叉，碧潭掉雲霧，讀禁冊，仙境，美妙，雲遊……我聽著雞啼，天光天暗，天光天暗，我驚惶，記憶，薄薄的煙霧，雲蘭的形象，我伸手共扭，扭袂稠，我喝聲共叫，伊無回頭，三島由紀夫為伊的信念切腹，我欲為永存美妙的時刻……

　　過晝，日頭炎炎，我留一張幾字仔的留言园踮桌仔頂，戴一頂葵(kuê)笠，簡單的穿插，橐袋內紮一片修喙鬚，利利的刀片，面容憔悴(tshiâu-tshuī)，無目神，一伐拖過一伐行去等坐欲去野柳的客運車。我揀一位較有視野較無人行跤到的所在，靠踞一塊親像剉(tshò)俙的老樹頭的嚕鼓石，嚕鼓石的花紋刺痛我的跤脊骿(phiann)，我相過面頭前濟濟徛立的奇形石像，藍藍的海水無風無湧，無規則，細細瞜仔的白波三不五時仔噴懸幾粒仔水鬚，有一崁較大崁的湧鬚沖甲到一身石像的面頂，彼身石像假若是一個老查仔人頜落去抾物件，我無閣貪婪海景，凝(gîn)聚一暝無消散的勇氣，唯橐袋內搣出來刀片，我選擇我的左手，目睭瞇瞇仔，刀片割落去手骨的血根，哀痛一聲，流三、四滴血注仔，我夯頭，彼身親像老查仔人的石像面仔頂懸

滴水假若佇流目屎，我無流目屎，刀片割較深落去，真痛，血
注仔變血水，彼身老查仔人的面像變成阿娘的面貌，一崁大大
崁的湧崁倚石像，老查仔人出聲叫阿源仔！我凝聚的勇氣征戰
老查仔人的叫聲，征戰，我右手猶原拗絞刀片，老查仔人的叫
聲一聲比一聲淒涼，伊淒涼的叫聲掩崁過我的勇氣。

第二暝（第2本）

　　我赫精神憨神憨神，四界烏嗦嗦死靜靜，著驚，且這是啥物鬼所在？即馬是啥物時間？有一暇散光假若是門縫洩入來的，我影著人影坐跍床邊的碰椅啄龜，閣是明雄，怪奇！我翻身欲叫明雄，采管斜倒損著床杆(kuainn)硞一大聲，我的手骨佮采管的塑膠管扭咬纏纏做伙，我看著明雄驚跳起來雙手扶稠采管，徛予正，細細仔聲，你敢會唉礁？我急欲知影這是啥物所在，大聲喝，明雄咱咔會滯跍遮？明雄相全細聲，你敢有欲飲水？我摸著手骨插黏塑膠管精神起來，我無死？我猶活咧！即時，我的勇氣親像捧(phōng)跍手心的水唯指頭仔縫滴落消失，我的哀傷嘛假若是鼻著芳的胡蠅成群結隊歇跍心肝頭，明雄捧(phāng)一甌白滾水予我，我勻勻仔飲一喙。這是金山蔡醫師診所，明雄話聲柔和，我後禮拜欲去美國，昨下晡去公寓欲招你飲一杯仔相辭，看無人，看著桌仔頂的字條，我去問怎公寓邊仔嵌仔店的歐肉桑，伊講你有買一張野柳的車票，好佳哉，時間無延(tshiân)遲真濟，蔡醫師交代你無生命危險，下早起抑是中晝仔，你道會使轉去厝裡靜養。明雄看我恬恬，目睭閣是眯眯仔，細聲叫我歇睏，我假若是一隻歇跍樹枝，想欲啼叫的烏鴉仔，自知啼叫是加重聽話的人的心痛，我憧憬一幅勇者的油畫，我畫無成，我想欲辯解我毋是為著失戀自殺，但是

我欲按怎自圓我無十足的勇氣？我若有十足的勇氣，我嘛毋免
自圓辯解，我復活，我無三日後升天，我猶是背負數念雲蘭的
十字架，自責。

　　明雄陪我倒轉來公寓閣招去和平東路幹巷內的麵擔仔食牛
肉麵配高粱的，明雄內行喟無共我問代誌的因源，闊論伊去歐
立崗大學欲繼續讀哲學，我恬恬分享伊的智慧，我毋是無愛伊
分享我的美妙時光，我是毋知欲按怎佮伊分享，閣恐驚伊繼續
擔心我的去向，我簡單交代我會閣倒轉去教冊安定生活，伊看
一下時間會失禮講伊猶有真濟雜事，阮分手時伊閣語重心長，
老朋友，只有你家己較有法度蹽出你自設的迷魂陣，來日方
長，家己保重，保持聯絡，我牽絯伊的手黯(àm)然心傷，毋知
按怎表達叫伊放心，接接扰頭細聲後會有期，一遍接一遍。明
雄講我自設迷魂陣，旦是先發生外在的事件抑是我先有理念，
這款親像疑問先有雞卵抑是先有雞仔子的死結，我無心情去分
辨，毋過是我家己共想法複雜化，每一個人有無相全的失戀反
應，我幻想，時間若停止流動，我佮雲蘭做伙的美妙會永存，
死亡就是時間停止流動，我憧憬勇者的死亡，假使這道是我自
設的迷魂陣，我無後悔，我嘛無想欲蹽出迷魂陣。

　　我擋恬頭殼內的時間運行，毋過外在的時間滴答滴答是
一分一秒我行我素，我假若親像行到予大水衝斷的鐵橋，徛跮
彎彎翹翹的鐵枝路頂，行袂過河嘛無有想欲過河的慾望，無向
望，無憧憬，無反省，日子假若是行屍走肉，工作是心神的
鎮靜劑，跤手振動止擋頭殼的思考，教冊使用頭殼，我想欲揣
只有振動跤手的工課，我等待學期結束，等待，學期結束，想

講若轉去高雄人面較熟較好搢粗工，但是這副落魄的形象我是欲按怎見阿娘，我頓張，我躊躇(tiû-tû)，亂反屜(thuah)仔底煞反出來正義留予我的電話。正義喝聲講伊二禮拜前一直攏揣無人，伊揣我欲慶祝碩士畢業，我毋知欲按怎應嘛感覺怪奇，哪會遮拄好，第六感，伊閣共我喝聲，伊明仔暗欲掣我去補慶祝，我掛斷電話開始非非亂想，正義敢會是我的救星？

正義掣我去川菜館食辣(luàh)辣薟(hiam)薟的川菜，食煞招去伊的辦公室話仙，伊閣唯冰箱捾台灣麥仔，配芳芳的炒土豆，頭一杯，阮杯仔硞咧灌甲礁礁，伊麥仔酒入肚變厚話，講伊未畢業進前道運作這間公司，目前的業務是日本武田藥廠的台灣代理，伊有佮一個開製藥廠的頭家合夥，公司的營業執照齊全，有倩一個推銷員負責走中南部，辦公室有一個會計佮一個女祕書，經營較加半冬業績袂䆀(bái)，我看伊家已飲一大喙，假若感覺真得意。頭久仔踮川菜館我有過去共一個調西裝的中年人敬酒，你敢有印象？我問伊敢是彼個頭殼小可仔禿頭禿頭？伊扰頭，陳課長踮國貿局做官大家是好朋友，前個月伊偷漏一個消息，講國貿局計劃欲開放烏魚進口，我家已一個人武這間公司走袂開跤，我鼻無伊的話意惦惦無出聲，伊閣續落去，咱是好朋友我會信任之，你的英語袂䆀頭殼閣好，你敢有想欲佮我鬥相共？我做生理是一竅(khiàu)不通，毋過暗想我若會凍出國換一個無相仝的新環境，萎靡的心肝頭凡勢踮新環境會水滾乎(puh)泡仔，我暗想無扰頭，細聲應，你知影生理我毋捌半項，奚少寡仔代誌。伊笑哈哈，你頭殼好看道捌學道會，你負責實際操作的工課。我的心情興起明朗光晃(hiánn)，實際

操作是動跤動手的工課，我共抌頭講我願意試看覓咧，正義一聽徛起來共二塊杯仔斟甲滇滇，招我硞杯，喝聲，好彩頭，飲予礁！彼暝，我倒落眠床隨睏去，復活後我頭一暝睏飽眠。

我會記持，彼年的聖誕節過後我道踮美國收買烏魚，美國烏魚的出產地是佛羅里達州（Florida）的西海岸墨西哥海灣，期間大約是十二月到二、三月，由北向南。十二月到一月是佇天霸（Tampa）海灣附近，我踮清水市（Clearwater）的海墘仔等魚船仔靠岸佮討海人現金買賣，怹掠烏魚的船仔是細隻舢舨仔，一個人操作，靠倚溪水流入墨西哥灣的海面，槳仔拍水烏魚跳出水面，有的跳入舢舨有的閣沉入海底，若好運一日掠咧一、二十尾。逐日早起時仔我去海墘仔看怹掠烏魚，愈看愈熟似，古早時仔茄萣討海人掠烏魚嘛號做跳烏，怹竹排仔划出海予烏魚跳起來竹排仔，欲來美國進前，陳課長有特別紹介我去高雄揣一個海洋生物的專家許教授共我臨時補習，閣安排我去茄萣台灣烏魚之鄉收集資料。我是頭一遍出國閣是頭一遍做生理，攏是頭一遍，心肝頭的驚惶假若尻倉攝熾爁咧，恐驚無法度完成正義交代的任務，正義的準備做甲真周密，十一月初我道先來舊金山附近的柏科里（Berkely），揣正義中學的好友杜德智做嚮導，杜教授踮加州大學做地質研究，我有較加一個月的時間惡性補習，補習英語，強記美國地理尤其是佛羅里達的地理，閣學習美國的銀行佮稅務的一般普通常識。

逐日過晝仔，我收買好勢道交代冷凍廠的細台載貨車共烏魚載去天霸的冷凍廠，有時一日收買一、二百尾，有時干單五、

六十尾，我干單收買烏母無收買烏公(kang)，到甲一月下旬我
佮冷凍廠結算我有收買十一、二噸，不足一個貨櫃，烏魚向南
游我嘛綴烏魚南遷，沙拉蘇打（Sarasota）離天霸海灣南爿大約
有二十外哩，比天霸較小的海灣有較濟細條溪仔，討海人掠烏
魚有較輕可，我一日攏收買百外尾，有當時仔未到中晝道收工。

　　禮拜日討海人無掠魚我嘛無生理做，我睏甲中晝才出去海
垷仔搧(siàn)海風，看當地大人囝仔耍海水，已經有將近二個月
啦，我濟少摸清楚討海人的脾氣，我毋免大細聲佮悠剾價，心
情無閣七上八下，感覺這款生理工課嘛新鮮新鮮，對美國的環
境嘛生出來有袂凍形容的恰意，我憨想假使我若準阿跙美國做
生理，我幻夢我跙美國生活，逐日跙海垷仔海風習習，鹹水味，
日頭光曝甲烘烘烘，毋過我的幻夢中隨浮動雲蘭的身影，搧起
我離雲蘭愈遠的傷感，雲蘭猶活跙我的頭殼，心肝頭，我猶是
無想欲行過接通的鐵橋踏出復活的新日子，我躊躇，恐驚我若
行進前雲蘭的記憶會流失，我寧願徘徊記憶的周遭，品茗，雖
然已經是漸漸退色的形象。

　　閣收買二禮拜我去天霸冷凍廠核算，我已經有收買夠一貨
櫃的份量，我電話轉去台灣，正義叫我先運送一櫃繼續收買，
烏魚生產期猶有三、四禮拜，我綴烏魚繼續南遷，我南移去煤
仔堡（Fort Myer），離天霸南爿較加一百哩，鄰接佛羅里達的沼
澤區，溪流阡陌縱橫，烏魚汩入溪溝放卵，討海人愛趕烏魚放
卵進前共掠起來，逐日透早無閒到中晝，二禮拜我道收買有夠
一貨櫃的數量。有一工有一個討海人叫章能（Johnny）掠一尾
烏魚欲佮我賭是母的抑是公的，我精足看，彼尾我已經有鄭過

肚臍，干單流出來淺黃色的血水無黏黏的卵絲，彼是放卵了的烏母，我笑笑佮伊一賭十，伊不信邪刬開腹肚真正無卵，隔日伊掠十尾烏母來賠我，我歡喜趁十尾烏母閣結交一個美國討海人，事後伊坦白，講伊佇沙拉蘇打有賣魚予我，刁工綴來煤仔堡欲試我的工夫，我無共章能品我的真工夫，我是有名師茄萣烏魚大盤蘇頭的親手傳授的，蘇頭的毋知我是拼伊的生理，號做我是做學術研究放心傳授伊的家傳手藝。

　　我去冷凍廠結帳共十九噸半的烏魚裝上冷凍櫃嘛結束我將近三個月的烏魚之旅，章能踮冷凍廠的外口等欲載我去機場，接接叫我明年愛閣來，我嘛接接回應 See you next year！（明年再見）。轉去柏科里，我結清出口報關的手續佮銀行的存款，我提一千箍（美金）酬謝杜教授，杜教授毋收，我講這是正義的吩咐你毋收我袂凍交差，杜教授送我去機場叫我明年較早來咧咱才有較濟時間交談，我感謝伊的盛意歡喜結交伊這個新朋友，毋知有伊的友情，我好日子的路程終於孚出勇氣共雲蘭的記憶裝入背包踏過接通的鐵橋，飛能機頂我猶原接接朦朧眠夢，愈飛近台灣雲蘭的記憶愈清新，我驚醒，出冷汗。

　　正義隨見面道呵咾我操作甲真嬌唷，叫我先休息二、三工仔恢復時差，三工後我補足眠正義招去食日本料理，伊特別點烏魚子，烏魚子配Sake芳味四溢，莫（book）怪日本人愛食甲流喙瀾，我笑笑仔問，這敢是咱的烏魚子？你嘛較差不多咧！正義笑出聲，咱的烏魚子猶冰踮冷凍廠，伊續落去解說，伊講開始掠成本時失算無計算烏魚子的重量只占規尾烏魚重量的五分之一，利純愛閣加扣五分之四的運費佮關稅道偆無二成，我毋

知伊原底預期的盈利笑笑應講二成嘛袂媒(bái)！伊無理會我的
表情，閣講陳課長提供伊的想法，若干單運烏魚子付烏魚的關
稅咱的淨利會跳懸一、二倍，伊無等我回應，閣講陳課長已經
替我安排去茄萣仔拜師學藝。

　　我滯踮茄萣仔三工，蘇頭的家己唯冷凍庫掠烏魚出來親親
示範，刀尾唯肚臍少調懸勻勻仔裂開腹肚，撏(jîm)魚子出來，
切掉魚子的肉頭，伊喝聲切肉頭愛特別注意，切予拄拄好，切
上倚子會傷著魚子，肉頭若切無清汽人客欲扣重，我試二、三
遍予伊看，伊叫我閣加試幾遍仔才會學著真工夫。隔轉工伊閣
示範曝魚子的步數，唯抽血筋，搓鹽，排平砥重曝日，一步仔
一步的講解，我那聽那做筆記，伊呵咾我認真的學習態度，第
三工的中晝我去佮伊相辭，伊特別烘怹作的烏魚子請我，烏魚
子糯(khiū)閣袂黏喙齒，真正讚！我那食那喝聲，伊聽甲心頭
開花，叫怹後生去夯一枝怹特製的刀仔送我做留念，我講規十
聲的說謝，頭殼嘛扰甲強欲斷去才依依不捨的離開。

　　我走入做生理的路是出於偶然，我鼻芳留學生踮美國徛起
的生活滋味宛仔是偶然的機會，第二冬阮改變做法干單運烏魚
子（生子），拄開始時我無操作經驗跤忙手亂，痛苦一個月較
熟手，改變做法了阮的生理有二、三冬的好光景，我若無去佛
羅里達滯踮灣區時心情道無親像鼓皮鄭(ténn)甲絃絃，優哉優
哉，拜六時仔也是禮拜日，杜德智會來招我去佮鄉親挵野球，
德智學生時代是校隊球技原在，我是佇拊球逐球，毋過親像我
這款耍球的同鄉嘛袂少，二、三點鐘的時間遮留踮異國徛起的

留學生，大家大聲喝咻喙仔笑二二，摃安打的人興奮，抾球的
人嘛逐甲歡喜，我問德智大家笑顏常開敢逐遍攏遮鬧熱？德智
笑哈哈，恁有二、三點鐘台灣話滿天飛毋免煩惱講英語，你想
恁的心情敢會袂爽快？我逐日講台灣話，欲做美國人的生理才
講英語是理所當然，我無踮美國徛起生活，異地思鄉的感情無
恁的深刻體會袂夠，但是逐遍我嘛是佮恁武甲滿身重汗，綴恁
嘻嘻哈哈。

　　撞著節日，德智恁翁仔某攏會來招我去參加同鄉的餐會，
餐會的所在是借教會的活動中心，每一個家庭紮一、二盤真有
台灣味的手路菜，講是大家 Poluck，大細漢大家食甲笑哼(hainn)
哼，飯後，囝仔有節目，查某人有的顧囝仔，有的佮查甫人圍
做伙話仙。講著恁的話仙，我真正大開眼界，無人事先準備話
題，隨興而起，有人先出聲，旦即馬台灣退出聯合國恁看將來
欲變按怎？隨有應聲，攏嘛是臭頭仔毋好，啥物漢賊不兩立！
葉公超衰潲(siâu)夆挽掉大使的烏紗帽！伊轉達美國的意思煞
毋是？一個接一個，一個比一個較大聲，我綴話聲幹頭幹耳，
咱袂使永遠向望美國人！咱愛趕走臭頭仔政權！憑咱二枝手？
親像黃文雄鄭自財槍殺臭頭子！我的頭殼幹袂赴，恁的發言順
序毋是相接是相疊，無人主持，無人結論，我佩服恁的見識，
大家攏講甲頭頭是道，憤慨激昂，動情閣動心，毋是圓滑虛偽，
德智事先共我提醒同鄉餐會是聯絡感情，我是想欲來結交新朋
友，毋知聯絡感情是這款場面，驚惶，無知，偷偷仔問德智恁
敢會諍甲口角？德智搖頭細聲講，政治的爭議是大家對家鄉的
關懷，恁的爭議扣聯恁感情的環節，大家拍開心胸相見面，我

一時想無伊的話意，踮台灣，便若談政治假若看著草索咧，人
人避之，聯絡感情攏嘛是講五四三親像抓瘤的話，伊看我無應
話大概是臆我無了解，講伊冊架仔有足濟冊問我敢有想欲看？
我聽出伊的話意隨共扰頭，我有偷看禁冊的經驗即馬閣是踮美
國，驚啥？德智看我扰頭目睭展大貢，你愛閣轉去台灣呢，你
毋驚？彼陣，我猶毋知爪耙仔打小報告的烏手已經伸入美國，
我大聲應講毋驚，我已經礁蔫去一、二冬的心頭隨孚出來讀冊
的芷(tsinn)穎仔。

　　德智的冊架仔大細本冊排規排，有揭(giat)穿蔣政權陰謀的
冊，有報導貪污案件的冊，有紀錄黨派惡鬥的歷史，閣有專講
大人物、貴婦人的內幕，我親像夭監囚看著沖煙的白米飯一本
看過一本，每一本冊的內容無完全貼踮我的頭殼，但是我若共
會記持的部份恰較早讀過的黨國歷史作比較，每一遍作比較了
攏會有新的註解閣有較深度的認知，較早踮台灣接受的攏是黨
國教育，我的民主、自由的觀念真浮淺，雖然是浮淺毋過每一
遍的新註解佮新認識攏會予我生出懷疑蔣政權本質的念頭，無
形中的累積嘛註定我搭上反對蔣政權的無回頭車。四本《金陵
春夢》予我連續失眠幾偌暝，假若較早我租看金庸的武俠小說
全款，一租一、二十本看煞袂記了了毋過無看煞毋願放手。《金
陵春夢》的一寡故事情節銘刻踮我的腦內，我無作歷史考証，
只是共故事的情節恰台灣欽定的教科書並列思考，蔣介石見笑
無愛伊統治的子民知影伊是綴轎後的身份，教科書故意省略怹
老爸是誰人的部份，只教咱誦揚怹老母王太夫人，我了解黨國
文膽編輯教科書的苦衷，我的疑問是，出身貧寒敢是可恥的代

誌，何必故意掩蓋？猶閣有，教科書寫蔣介石身世的歷史，伊唯日本士官學校畢業到甲去中山艦救護孫文，中間規十冬攏是空白，我同樣了解黨國文字打手的苦衷，我想欲問，蔣介石流落踮上海做杜月笙的打手食軟飯，伊踮落魄生涯中猶有勇氣去參加革命，這款奮發的事實敢有掩蓋的必要？伊奮發的勇氣煞毋是愛大書特書表揚的好故事？話講倒轉來，若毋是伊佮杜月笙有彼段交情，伊領軍北伐踮上海哪有能力清黨（清除國民黨內的共產黨員）？猶閣有，伊為著欲娶有錢有勢的宋美齡，恁丈姆仔要求伊洗禮改信基督教，伊改信基督教台灣課本無寫甲半字，毋過台灣的學校每逢聖誕節嘛綴基督教的國家（美國）放假（借名行憲紀念日），為啥物？蔣介石旦是真心悔過的基督信徒？抑是騙徒？

　　親像砌厝灌紅毛土我規粒頭殼共蔣介石的惡跡灌甲飽滇飽滇，我袂了解，予伊罵甲親像臭頭雞仔的共匪仔，伊口口聲聲宣傳共匪仔啃樹皮，過水深火熱的生活，親像伊的廣告宣傳，彼款樣的共匪仔，哪有法度共伊有美軍裝備的幾佫百萬大軍刣甲片甲不留？我真正袂了解，共匪仔到底是啥物各樣人？敢會是啥物神仙？我去請教德智，伊報我去圖書館借冊來看，閣講伊欲介紹恁小妹佮我熟似，我拏無伊的意思，伊解說恁小妹踮圖書館做工課，我才暗笑原來是如此。

　　杜德智的小妹叫做杜佳敏，伊叫我填寫申請借冊證的表格才揲我去圖書室叫我家己選擇，規間圖書室排甲滿滿滇滇，有中文，英文，日文，我拏無靠心，先揀四、五本親像傳記的中文冊，一禮拜我才勉強看了，初次接觸簡體字費時間對照，但

是我讀無出味主要的原因是他的寫法佮台灣黨國歷史的寫法攏是一面倒，失去真實的意義，第二遍我閣去時我集中選共產黨建國前的歷史佮人物傳記，這部份的冊多數關連二萬五千里長征的故事，二萬五千里長征台灣的教科書叫做二萬五千里的流竄，且是長征抑是流竄？毛澤東佮伊的革命志士唯江西井崗山到陝西的延安，恁無抄大約一萬里的近路，恁唯西南，西部，西北，踅一大輾二萬五千里，沿途毋單有蔣介石大軍圍剿的打擊，大自然的災禍嘛對恁無疼惜，死的死，傷的傷，但是會凍活到延安的革命志士道是以後替蔣政權損喪鐘的鼓手，經過二萬五千里的生死拼鬥，恁流血，流汗，負傷，破病，堅定一個信念，推翻蔣政權建立新中國，恁的勇敢，志氣，信念，決心，予我動容動心，我替千千萬萬犧牲生命的無名志士流目屎，道是恁有這款不計其數，勇於犧牲的無名志士，毋免二十冬的時間，逃亡流竄的變成是蔣介石，毋是毛澤東，我苦嘆一聲，我夆洗腦洗甲憨憨憨，我閣去搬一大堆冊轉來讀。

　　方志敏無參加長征，伊是江西東北角接鄰福建西北邊界的蘇維埃政權的領導人，伊受令帶領新十軍北上抗日踮安徽西南的山區受蔣軍活擒，伊入牢待審，最後英勇不屈犧牲，我讀伊一本薄薄的傳記流幾偌遍的目屎，蔣介石講是愛才派伊的軍法處長親去共招降，軍法處長利誘，方志敏不動寸心，軍法處長善意勸導，親像預言咧，伊講准做恁共產黨一百冬後真正打贏改變政權，一百冬後，你佮我咱攏死了骨頭仔爛了，你為啥物即馬活咧毋享受做大官，有名有錢？方志敏笑笑，我若是為著享受道無加入共產黨，若准做一百冬後才推翻恁的政權，我看

袂著，但是我知影千千萬萬無產階級的子孫後代會凍翻身，而且我敢講推翻恁的政權毋免閣等一百冬，真緊恁道會潰敗，我看袂著，你拭目以待！方志敏的志氣銘刻我的心肝，親像我的頭殼深印黃花崗七十二烈士林覺民與妻訣別書的浪漫情操，恁大無畏的勇氣，恁字字句句的痛心話永留腦內，我的頭殼閣願意拍開思考的門窗。

　　台灣無三冬的好光景，大家按呢講我是親身經驗，阮改變做法的第四冬，我佮章能見面伊隨問，我是欲先聽好的抑是䆀的？我毋知頭毋知尾應講先來䆀的，伊講前月日有二個台灣來的生理人揣伊買烏魚，一個袂曉講英語，講恁欲出較懸的價數，伊無插恁，毋過二禮拜前有二個討海人共伊嗆聲，講恁今年的烏魚欲賣別人，章能講煞目睭掠我金金相，我搐一大趒強作鎮靜，驚覺競爭對手來了，我先吩咐章能照舊價收買等我的消息。我電話接通正義討求策略，正義的話聲並無半絲仔驚惶，伊講陳課長的陽傘已經共咱遮(jiah)掩三冬啦，咱進口的烏魚子嘛上市較加二冬啦，舊年本島子閣欠收，食品公司早嘛探聽清楚，你想講蘇頭的袂聯想著你？大家公平競爭，欲來的總是愛來，伊按呢解說我嘛是猶感覺有一屑仔慍怒，毋過倒想起來，我家己嘛毋是真正直的生理人，我問正義且欲按怎應付？正義強調，準做大家拼價，價數提懸若佇三分之一左右咱嘛是猶有利純只是減趁而已，伊叫我現場臨機應變。隔轉工我佮章能參詳，阮決定綴別人的價數收買，阮靠阮有先拍市場的優勢，操作變有較緊張，收買的數量嘛明顯的減少，好佳哉大家無惡性拼價，只調升原價的四分之一，章能載我去機場進前我

閣交代伊處理烏魚肉，伊笑笑推一個厚厚的大信封予我，我拍開內底有一萬箍的美金，我目睭展大貢問伊是啥物錢？伊講是烏魚肉的淨利，一個人分一半，我手提信封才想起來頭久仔伊無講的好消息，Thank You Very Much！（多謝），我大聲喝，章能那拽手嘛大聲應，該說謝是伊。

我原計劃隨趕轉去台灣佮正義商討以後經營的方針，我去圖書館還冊煞閣延後幾佫禮拜。我行入去圖書館佳敏共我叫，伊叫我填借冊單共伊桌仔頂的冊提轉去看，佮佳敏熟似時一開始伊道對我真親切，唯德智的紹介我知影伊修完圖書館碩士道踮圖書館食頭路，伊袂厚話，佮伊見過幾佫遍面阮的話題攏是借冊讀冊，有當時仔伊會加問我生理做了按怎？我攏是笑笑說謝，心內不止仔有好感。我共桌仔頂的五本冊反一遍，推講我英文無夠水準閣連鞭欲轉去台灣，伊笑講罔試看覓咧，你來美國嘛較加三冬啦，我心動，閣歹勢推掉伊的好意，揀二本，續講若看了有心得較閣來借。一本是《紅星照中國》（Red Star Over China By Edgar Snow），史祿偷渡國民黨的封鎖線，伊去延安採訪二萬五千里長征活到延安的大人物，伊倚踮美國人的立場，對共產黨的革命志士有較闊的視野閣較公平的見解。另外一本是《史迪威將軍的中國經驗》（Stilwell And The American Experience In China By Barbara W. Tuchman），史迪威將軍是美國人，二次世界大戰聯軍派駐中國戰場的參謀長，蔣介石是中國戰場的總指揮官，所以伊變做蔣介石的參謀長，內容親像是史迪威將軍的傳記，有足濟聯軍作戰的經驗，我較佮意的是伊佮蔣介石鬥氣的部份，伊私下叫蔣介石土豆仁（Peanut），蔣介石

的英文名嘛筌詠做 Cash The Check（兌現支票）。我趕欲轉去台
灣看煞隨提去還，佳敏笑笑問我心得如何？我感謝伊的鼓勵毋
敢講出初讀英文冊印象無深刻，伊親像看趄我的心肝，笑講以
後較接借英文冊咧！我踮飛回台灣的飛能機頂，猶原眠夢朦朧
出現雲蘭的身影，有一夢出現的身影若失若影，假若無成雲蘭
的身影閣隨消失，我無驚惶，嘛無赫精神。

　　正義講是公司五冬的慶功宴公司員工做伙來，伊有閣加
代理三菱重機部品加倩幾偌個職員圍圍坐一桌不止仔鬧熱，出
過二個菜，我夯頭，驚一趒，看著仁傑行倚來，較加五冬毋捌
見面啦，伊哪會知影我佇遮？伊揣我欲創啥？我幹一下頭，正
義徛起來共仁傑挽手，仁傑的目鏡片有加較厚，喙仔笑嘻嘻，
先行倚我的身邊，正義捧一杯麥仔予伊，共我紹介伊叫做李仁
傑，阮大舅仔（太太的兄哥），仁傑笑出聲，正義仔！我早道
捌根源啦，伊讀大學阮道熟似啦！我趕緊徛起來招您二個人乾
杯慶祝，無予仁傑有時間提起向前的舊事，三、四個員工嘛做
伙徛起來欲共仁傑敬酒，正義細聲共我講，仁傑是公司三個頭
家之一，我按一下心肝頭，原來如此，伊毋是刁工欲來揣我。
仁傑敬一回酒了閣幹倒轉來佮我乾杯，喙仔猶是笑嘻嘻，根
源，萬分感激，我即馬踮中信局做協理，我緊敬酒共伊恭喜，
想欲阻止伊重提舊事，伊閣笑出聲，我早道料算你有本事！我
恐驚伊閣漏話尾閣招伊碏杯仔，正義插話，伊講仁傑主管放款
予公司資金方便真濟，仁傑笑哈哈，大生理人，大生理人道是
愛會曉運用銀行的錢！我想起來舊事，領悟放款道是這回事！

陳先生願意付我四百箍的家教費道是佇還仁傑的人情，原來如此！慶功宴舞咧二、三點鐘，員工走了偆阮三個人，仁傑分手時問我敢有明雄的訊息？我講明雄轉去密西根大學修博士，離較遠較無接聯絡，仁傑握絯我的手，親像動心，講伊有一工宛仔欲去美國，我共伊呵咾美國是外好所在外好蹉跎咧！叫伊一定愛去一晡仔，完全毋知伊的意思毋是觀光。

正義餘興未盡載我轉去辦公室閣捾二罐冰麥仔一人采一罐，喝聲，頭久仔踮眾人的面頭前伊歹勢講，即馬，伊欲佮我慶祝，慶祝啥物？我無頭無腦，伊無應話家己先礁，我急欲知影伊的葫蘆內底到底是賣啥物神祕嘛㧣起來直灌，正義大聲，根源！你是百萬富翁啦！我聽一下愕愕去，毋知是事實抑是練痟話，嘛毋知欲按怎歡喜，較早聽講若中著二十萬頭獎愛國獎券的人會起痟，槓死我道毋信這款痟話，二十萬是外濟我毋知，阿一百萬咧！規厝間！正義共我喝一聲，我問伊我敢有起痟？伊叫我摸一下頭殼，我真正伸手摸頭殼，我的頭殼猶好好黏踮頷頸仔頂，擋惷擋惷，正義解說這四、五冬烏魚子的生理結算，我三成的佣金超過一百四十萬，我猶是擋惷擋惷，伊大力搖我的肩胛頭，我清醒起來問伊，你敢是佇講天方夜譚？伊講公司三個頭家攏確認你對公司的貢獻希望你合夥加入公司，取消佣金制度，你分公司營業的盈餘的四分之一，這遍我聽清楚了，喙仔開哈哈惷惷仔笑，細聲仔念，正義你叫我做頭家？我真正做頭家啦！正義問我敢有別物計劃？我搖頭毋知欲按怎應，伊講阮毋知你是毋是欲閣倒轉去學校，你有時間慢慢仔考慮。我敢是作夢？我踮心內大聲喝，我毋免閣煩惱蹤三頓啦，

我是百萬富翁閣做頭家！我哪會無歡喜，我哪會袂興奮，袂喝
咻閣跳懸跳低，好消息哪會遮緊來，我無半絲仔的預感，好佳
哉，祖先有靈聖，我無起痟，我猶清清醒醒，我想著我愛閣佮
正義討論經營的新方針，正義講伊的看法，烏魚子這行競爭者
會愈來愈濟，利純會愈薄，叫我現場家己做決定，會凍做外久
道做外久，伊面仔轉笑笑，講陳課長有閣報新路，伊報講美國，
墨西哥出產的鮑魚已經予香港仔占占去，澳洲宛仔有出產鮑
魚，品質有較差一屑仔，台灣禁止唯澳洲進口貨物，但是咱會
凍踮美國改裝，改名美國的產品進口，我搖頭，正義笑出聲，
你袂記持咱有好朋友踮海關做課長做官員？你親親走一暝澳洲
敢好？

　　半暝正義才載我轉去公寓，滿腹貯滇滇的酒意頭殼是出乎
意料的清醒，倒落眠床三反四翻道是睏袂去，䟱起來行跤花，
牆仔壁有一面大圓鏡，我徛踮面頭前，較相道是一個三十出頭
的查甫人，佮我全面仔全面，電火光反射彼個人面，散光變霧
霧，煞變出來是予大水沖斷的鐵路，鐵橋修復鐵路接通，火車
烏煙沖大港順著早前人鋪設好勢的鐵枝路駛進前，人山人海的
人搶䟱起坐，大家相揳無人相量，順著鐵枝路大家欲走揣家己
的好日子，一站走過一站，站名攏是號做世間人的向望，薪勞，
頭家，十箍，百萬，金錢，財寶，名望，權勢，站站攏有人相
揳落車相爭上車，每一個落車上車的面仔攏有印甲明明，相全
的字樣，順著鐵枝路，免空思，免夢想，順著鐵枝路，免憧憬，
順著鐵枝路，有食穿，順著鐵枝路，有青春有享樂，順著鐵枝
路，有家庭有溫暖，順著鐵枝路，順著鐵枝路，火車停踮頭家

站，彼個仝面仔仝面的查甫人佮人相揳舭起去火車頂坐，順著
鐵枝路……

　　德智悠牽手的叫做陳英蕙，我叫伊大嫂，撤電話叫我過去
悠厝做伙食暗頓。永前，久久仔伊才叫一遍，即馬，一禮拜起
碼有一遍；永前，攏是悠二個翁仔某佮悠二個後生查仔子罕得
看著佳敏，即馬，逐遍攏會看著佳敏，二個囝仔飯桌中愛講話，
大嫂會訓示囝仔人有耳無喙，德智是鼓勵悠發言，伊堅持講話
的技巧毋是天生的，大嫂有佳敏陪伴有時仔會陪會親晟朋友的
閒話，德智佮我是悠上好的聽眾。二個囝仔離桌德智問我準備
當時欲去澳洲？我應講旅行社的回答，簽証愛等三個月，伊講
哪會按呢？德智是美國公民毋免簽証，我解說，因為澳洲佮台
灣無邦交。飯後，德智問我後禮拜同鄉有餐會敢欲參加？我應
講即馬閒仙仙當然嘛欲去，佳敏續我的話尾講伊嘛欲去，閣講
伊欲較早轉來佮阿嫂加煮一項菜，我無注意佳敏臨時變踴躍
(iap)的動機，因為緊欲趕倒轉去厝裡迷新借的冊道佮悠相辭。
這晡我較早來是欲收集澳洲的資料，無想著愛等簽証煞變做有
的是時間，心情浮浮無閣緊緊張張，我毋敢斷定這款輕浮是因
為經濟上的改變，我有二十外冬養成的勤儉好習慣，逐日愛算
錢食三頓，一時陣的改變我想欲革大範嘛放袂落手，毋過我有
感覺用錢已經無親像永前一個錢拍二十四個結，講是為著欲節
省時間我才去買這台中古的龜仔車，駛龜仔車唯德智悠兜轉去
公寓一晡毋免二十分鐘，永前，我坐公車一晡三、四十分，我
哪會攏袂感覺是浪費時間？佳敏好意自動用一個月的時間教我

駛車，前禮拜伊閣陪我去考駕照，即馬，我佮伊的話題毋單是借冊讀冊爾爾。

這遍的餐會是踮一個林教授的厝，佳敏搭我的車，阮到位時已經有五、六個家庭先到位，林教授的厝大間，飯廳佮起居室相連活動空間曠闊，囡仔圍圍去家庭間那食那看電視，林教授開二罐紅酒大人桌的氣氛較親切，話題攏是教授的實驗抑是工程師的設計，我聽毋捌，好奇，酒浞咧浞咧，大概聽毋捌的毋是干單我爾爾，有時有太太會插播好蹉跎的所在，我暗想這款柔和的氣氛毋才是號做交陪鄉親的感情！輪著德智插喙時我看著佳敏徙去坐踮怹阿嫂的身邊，德智短短仔二句話，黃文雄鄭自財逃離美國，幾偌個同鄉用厝抵押擔保怹的保釋發生經濟上的困難，若有同鄉願意樂捐伊會凍代轉，綴伊的話聲我的心肝暗嘆，人的勇敢佮奉獻假若毋是無限度的！我閣聽著一個太太插播，伊的話題轉移陰沉的氣氛，佳敏行倚來我的身邊共我提醒明仔早起的旅遊，我共德智解說閣去共林教授怹翁仔某說謝相辭。

卡麥澳（Carmel）是一個海邊的小都市，離舊金山南爿二點鐘的車路，我拄好考過駕照無外久毋是蓋熟手，毋過有佳敏陪伴，伊有經驗閣捌路我變較在膽。卡麥澳的海灘白沙幼綿綿，耍水的遊客無濟攏是踮沙灘曝日光浴，耍球，彼工拄好是日光艷麗的好天氣，海風習習，真是天上人間休閒的好所在，街路商店歐洲味四界溢，掃街路的觀光客塞倒街，有買物件的遊客捾甲大包細包，有尋奇探勝欲享受口福的遊客，怹照圖揣街名，佳敏挈我去蹓畫廊，伊講這個小小的都市有較加五十間

的大小畫廊，伊做我的導遊，伊的紹介親像佇講地方歷史故事
咧，伊講中國的水墨畫佇這踏嘛真有人緣，張大千先來打前鋒
出大名，續落東方畫會幾偌個會員嘛來個展，有畫馬的，有抽
象畫，風評攏袂媒，毋過我綴佳敏踅咧諴十間的畫廊攏是看著
美國畫家的作品。

　　彼下晡回程佳敏問我敢捌讀過史坦貝克（John Steinback）
的小說？我應講捌看過中譯的《人鼠之間》（Of Mise And Men）
的摘要，續喙問伊史坦貝克敢是過身啦？佳敏扰頭，伊講史坦
貝克的故居佇沙莉納（Salinas）咱有順路，問我敢有想欲幹去
看覓咧？史坦貝克的故居是一間二層的徛家厝，粉紅土色，歡
迎自由參觀無收門票，這間厝是悠爸仔母的厝，伊出名了後道
無滯踮遮，阮停咧諴點鐘道離開，千萬料想袂夠這遍無深刻的
觀賞會予我佮伊寫的小說結緣。沿路佳敏接接揣話題交談，大
概是驚我厭倦(siān)啄龜，伊隨便問我道隨便聽，伊有一個無
意的話題竟然有意無意鋪出我以後好日子的路面，伊問我閣外
久才欲去澳洲？我講旅行社猶無消息，伊續喙笑問，你偆遐濟
時間敢無想欲閣倒轉去學校讀冊？我無幹頭問伊我欲讀啥？伊
攏無考慮對喙應，讀醫科，我一聽驚一趒閣問一遍，讀醫科？
伊親像無理會我的驚奇，細聲，蜜甜，我知影你足愛讀冊，我
一聽閣幹頭，心想這一定是正義替我共德智宣傳兼廣告，我毋
知是欲共伊說謝也是反問，伊看我的尷尬無見怪閣笑出聲，毋
過伊煞徙話題，問我伊買物件咔會攏毋予伊家己出錢？我緊共
早前攏是雲蘭替我出錢的心事關密密閣加鎖，我袂記持伊有閣
問我啥物話題，阮欲到厝時伊才轉達悠阿嫂的交代，叫我拜四

暗過去怹兜食暗順續見一個人。

　　我踏入德智的客廳時德智當佇佮一個同鄉對談，我行倚去德智徛起來紹介，伊是王教授，王教授隨徛起來佮我握手，王教授大約是德智的年紀，德智閣紹介我是叫做巫根源，講我來美國做生理，我看王教授佮德智是全型的學者紳士，王教授先開喙，根源兄你敢接接來美國？我拿尊稱叫兄煞歹勢，我減德智二、三歲應該嘛減王教授二、三歲，我細聲應，我接接來，德智插喙，你敢是來四、五冬啦？我應講今年是第六冬，真好，我聽王教授續喙笑，恁生理人走來走去你對美國應該真熟？我嘛笑笑，應講愛看所在啦，大嫂徛踮門口共大家請，親切，喝聲，大家過來餐廳，佳敏共阿嫂鬥捧菜，我無看著团仔上桌，英蕙好手路煮甲遮腥臊，王教授那挾菜那呵咾，大嫂歹勢應講仁芬姐仔毋才是總鋪師！王教授的太太仁芬是阿嫂的同學，佳敏細聲踮我的耳孔邊通頭，我那聽那看菜色，大嫂的手路真正有一手！大嫂佮王教授的對話占去大半的時間，德智揣縫插喙，問王教授組織改組伊是毋是有較無閒？上無閒的猶是逐位去募捐傾錢，王教授笑笑仔應，佳敏續喙問，黃文雄的事件組織敢有牽連？我拿無寮門，德智講著組織，佳敏阿是講組織，怹是講啥物組織？王教授幹頭面對佳敏，美國聯邦調查局（FBI）有佇監視，即馬組織的活動集會攏真保密，我嘛幹頭，心內暗想，佳敏親像宛仔是行內人！

　　飯後大家徙倒轉來客廳，大嫂燃(hiânn)甲芳貢貢的咖啡配伊家己做的杏仁餅真正合味，咖啡好飲我閣討第二杯，聽著王教授叫我的名，根源兄你敢捌聽過台獨這個名稱，我咖啡杯仔

捧跍手，歹勢，應講我干單捌聽過台灣同鄉會，王教授共咖啡杯仔換過手，伊的話聲，肯定閣有力，世界台灣獨立聯盟是台灣人獨立建國的革命組織，雖然是頭一遍聽著名字生疏，我一聽嘛是起雞母皮，即時領悟，頭久仔德智佳敏講的組織道是台灣獨立聯盟，嘛深深會意德智叫我來會見王教授的用心，德智看我無出聲插喙，根源共我冊架仔的冊拭甲清汽清汽，無夠喝伊閣去圖書館運搬，伊對國民黨，共產黨的政權有真深的認識，我暗暗仔感謝德智的呵咾，林覺民，方志敏的形象突然占滿我的頭殼，我感動，我心動，我唯橐袋仔掝出來一千箍，王教授接過手，感激，根源兄真多謝嘛希望你繼續贊助，我扰頭無出聲，目尾看著德智共我扰頭，含坐跍大嫂身邊的佳敏，伊的喙角嘛孚出微微笑意。

佳敏趣味看電影，我綴伊去看幾佫遍嘛對電影興趣決然，我的心得看一齣（tshut）電影假若讀一本小說，留跍頭殼的印象比讀小說閣較深刻，角色形象化，場景立體化，比小說平面的敘述較豐富視覺，電影看一下濟，我毋單沉迷角色，故事的情節，嘛趣味佮佳敏討論剪輯，佳敏透漏伊的心夢講伊想欲學做導演，跍美國看電影是享受，我尤其恰意去露天的汽車電影場（Drive-In-Theater），車駛咧，佮佳敏做伙坐跍車內目睭享受視覺的美妙，心神浸浴戶外天然的氣氛。露天電影場上演出名的舊片，佳敏解說假若親像台灣二輪的電影院，跍台灣，我逐日走蹤生活無眼福毋知啥物二輪首輪，講是舊片，對我來講嘛是首輪新片。這禮拜的電影是《戰地鐘聲》（To Whom The Bell Tolls），由漢名威全名的小說改編，我的英語聽力猶無夠水準，

對話逐袂剿著，好佳哉，賈利古柏佮英格莉保曼攏是馳名的巨星，看怹的表情，動作，我臆有七、八成的意思；佳敏聽力較有水準閣有讀英文原著，煞戲伊問我敢有看出來愛情故事以外的主題？我惦惦毋勢出喙講我毋知，伊展伊的功夫，講賈利古柏志願去參加西班牙的內戰，激戰中受傷，生死的最後關頭伊內心征戰，且是欲為理想犧牲家己掩護同志撤退，抑是貪生擁有愛情大家危險受困，生死，理想，這道是故事外的主題，我續喙問伊理想是啥物？伊想一時仔，眼光看較遠，思想想較深，親像賈利古柏閣為伊死後深思，這道叫做理想，理想親像一葩照明燈引掣你向前行，我惦惦回味伊的話無講出喙，想講嘛是因為賈利古柏為理想犧牲閣較美化怹的愛情故事。我載伊倒轉去公寓，伊落車閣探頭入來車內，講伊有攢(tshuân)好一寡大學的資料，伊有看著一間私立大學雖然離灣區有較遠，毋過怹的課程較適合我的時間，問我敢有欲提轉去參考看覓咧？我笑笑應講我已經收著澳洲的簽証後禮拜欲去澳洲，伊應講按呢道等你轉來啦，笑笑閣共我問，你橐袋內敢攏紮真濟現金？我一聽跳一趒，伊是佇講啥，我想著，笑笑，彼日我拄好領現金欲付旅行社，伊猶是笑笑，行開，我聽著話尾，無要緊，無啥。

　　林牧師來西里（Sydney）的機場接我，掣我轉去伊的教會，笑講我人佮相片差無外濟，阮前個月有通批互換相片，我應講相片是最近才翕(hip)的，伊斟一杯水予我，我接過手千謝萬謝，伊閣講吳牧師是伊台南神學院上下期的同學，德智拜託怹台語教會的吳牧師揣著林牧師共我掣路，我為著答謝吳牧師綴

德智去教堂做二遍禮拜，第一遍出於好奇綴人行事時間過著如
流水，第二遍感覺流程傷過形式，苦嘆時間假若親像結冰袂流
動，第三遍我道借無閒推掉，林牧師大概看我目睭無神問我敢
欲先歇睏？我順喙，講坐十四點鐘的飛能機閣有時差，接接會
歹勢，伊講伊有踮附近的旅社預定房間，行出教堂進前我交一
個信封予伊，感謝上帝保佑！伊笑笑接去，德智特別交代，信
封內底有五百箍美金，阮約定明仔下晡閣見面。

　　第二工的下晡林牧師紹介我熟似一個熊先生，唯馬來西亞
移民來澳洲踮西里開餐館，阮用中國話交談，伊客氣講伊的中
國話半精白仔，我嘛笑應講真歹勢我袂曉廣東話，伊開門見山
問我美國出產鮑魚咔道唯澳洲進口，我無講實話推講美國的鮑
魚香港生理人操縱市場傷貴，伊續喙問你是來調查市場行情，
我對喙緊應是，是啦，伊解說因為餐館用鮑魚伊有熟似一個大
盤，澳洲人叫做余安（Ian），我拜託伊紹介余安佮我熟似，伊
應講無問題，彼夜暗，我踮伊的餐館請林牧師佮牧師娘。

　　余安人高強大欉我佮伊徛做伙差咧一粒頭殼，澳洲腔的英
語我聽看有一半無，接接Pardon Me！（閣講一遍）伊的個性豪
爽閣有生理人的喟口，改講較慢，一禮拜後我才慢慢仔適應。
余安掣我去冷凍廠紹介怹澳洲出產的鮑魚，熊先生頭一工有鬥
陣，第二工道推講餐館無閒，我綴余安走規禮拜，親親見識啥
物是烏邊的鮑魚啥物是青邊的，閣參觀加工，包裝，共我事先
學習的知識具體化，毋過想欲全盤了解才好計算成本，我拜託
余安掣我去看採掠鮑魚的現場。我佮余安唯西里坐飛能機去答
思迷泥（Tasmania）的首府虎帽（Hobart），答思迷泥是澳洲東

南的一塊大島嶼，形狀親像一粒心肝，大部份鮑魚的產地是踮島嶼北爿的海面。余安租車唯虎帽北上，答思迷泥的人口無濟土地嘛無大量開發，沿路的景緻猶保持原始的風貌，阮滯踮海邊的旅社，無租船出海，余安有熟似討海人，等恁的小船靠岸，伊揀二粒活活的鮑魚問我敢知影按怎分辨烏邊抑是青邊的？我應講剝殼看鮑魚肉道一清二楚，余安無笑我外行，笑笑仔解說，伊右手提的這粒色澤較烏道是青邊的，左手這粒色澤較淺是烏邊的，閣講，冷凍廠取出鮑魚肉冷凍，恁佮冷凍廠的交易是以鮑魚肉的重量計算。阮日時仔看討海人採掠鮑魚暗時仔踮海垺仔的餐廳食海產，也是觀光客也是生理人，踮鮑魚的出產地當然嘛是欲食鮑魚，我的頭殼內先入為主想講是鮑魚佮香菇燉甲芳貢貢，毋過服務小姐捧出來的是一大片啄甲薄薄的鮑魚片，余安假若胸有成竹講恁西式的食法是脆脆較好入口，叫我試看覓咧，我試一喙清甜口味袂䆀，毋過自細漢道是中式的喙口，爭辯規粒食毋才是號做食鮑魚，伊無佮我爭辯問我配白葡萄酒（Chardonnay）的滋味如何？我那哺那喝讚。

　　倒轉去西里余安閣掣我去參觀碼頭，船運，我算是全程蹈一輾，嘛順續觀光西里的港灣，西里的港灣無舊金山港灣的曠闊，毋過有伊的特殊景緻，我會記持有人講西里是世界上嬌的港口，我佮余安約二日後閣見面。我踮旅社詳細計算，澳洲到美國的成本比正義的計劃書高出 5%，核算二遍猶原相仝數字，心想美國改裝的成本會凍補救這個差額道決定佮余安交易一櫃，同時嘛共結果電報通知正義。離開西里的前一工我去佮林牧師相辭，伊歡喜我生理做有成，我閣包一包五百箍的信封，

感謝上帝，彼夜暗嘛閣請林牧師偲翁仔某去熊先生的餐館食暗
頓。

　　我坐起飛能機頂想著十四點鐘的飛程未飛骨頭先酸痛，毋
過煞孚出來歸鄉心切的心緒，踮澳洲一個月，新的環境，新的
人際關係，即馬，飛回舊金山，毋是故鄉，我哪會生出來歸鄉
的情思？我佮德智做伙有五冬啦，毋過阮的友情比五冬閣較深
長，初來美國，我對美國的印象逐項道是大，土地大，厝大，
含人嘛大攤，德智的牽引，我的認識唯水平線轉化成垂直線，
漸漸深入這個所在的風俗，嘛佮踮這個所在徛起的人交融友
情，關心偲的生活細節，佮偲的交情親像因仔耍水，愈耍愈雀
躍愈想欲潦較深，我惦念德智，惦念伊的家庭，伊的朋友，異
樣的鄉情，我有同樣的思鄉心切，我的迷思，每一遍飛回台灣
的朦朧眠夢，彼一遍出現的無明身影，現此時踮目睭前是一個
溫柔，嚴肅，清秀的的形象，我聽著內心的叫喚，毋過喉口猶
原塵封，躊躇，喝袂出聲。
　　我到舊金山機場是德智來接機，伊解說佳敏去洛山機開
會，德智駛落快速公路出口時我較發覺毋是倒轉去我的公寓，
伊笑笑，講大嫂煮腥臊欲替我洗塵，我未食先說謝，歡喜這款
異國的鄉情，德智知影我愛飲二杯仔刁工開一罐紅酒，翁仔
某陪我飲，大嫂先開喙，根源你家己一個人按呢走來走去敢袂
感覺寂寞？我佮大嫂罕得談及私情，伊突然的問話刺痛我的心
思，假意捧酒起來飲，伊無追問，換德智續喙，伊講偲的股東
敢是決定叫你長期駐踮美國？我應講正義年初道共我通知啦，

大嫂煞轉話題，佳敏講伊掣你去一間私立大學申請補修學分？我趕緊應講生理傷開揣代誌消磨時間，閣恐驚伊拍斷鼓柄問到底，趕緊轉向德智，講我的物理，化學的根基無在敢好麻煩你共我惡補？德智笑哈哈，你這款好學生我欲收，大嫂嘛笑哈哈，德智的鐘點費是算美金喔！我捧酒敬您翁仔某算是拜師禮。

　　一個月後我共澳洲入口的鮑魚改換包裝出口去台灣，閣共成本計算整理好勢寄倒轉去予正義，任務完成，正義來電話，叫我走一晡祕魯調查海螺肉的資料，我向旅行社詢問簽証您講愛等四至六個月，我再度感受提台灣護照予做生理的困擾，我改變原本佮章能做伙去的計劃飛去天霸揣章能解說，伊會曉講西班牙語，我共重點交代清楚拜託伊去收集資料，一禮拜後伊飛轉來天霸交予我規十張的資料，有海螺肉的品質，大小，嘛有市價行情，精差欠一項東風，祕魯的碼頭冷凍設備無齊全，我共章能說謝嘛感謝上帝，刁工叫我等簽証無予我白走一晡！彼年烏魚的生理價數拼甲倚薄薄的利純，有五、六間台灣的公司來收買，阮收購的數量大大的減少，數量少運費負擔傷重，我臨時決定共收購的烏魚轉手予蘇頭的公司，踏小小的利益補貼章能的時間，我佮章能做伙食暗頓，強忍收煞這五、六冬生理的心酸，五、六冬來我唯新手變成生理人，五、六冬的鹹酸甜苦澀五味攪瀾真正毋是滋味，章能講伊閣倒轉去掠烏魚，即馬烏魚的市價比古早懸咧二倍，哪會媒！我轉笑面招伊乾杯，Stay in touch！Stay in touch！（保持聯絡）

　　飛回舊金山，我心思，我深思，順著鐵枝路原來猶有快車無停的站，思鄉，思家，我毋敢相信我的愛情無綴雲蘭的消失

消失，我毋敢相信我的愛情無變成親像空心的應菜管(kóng)，我毋是刁工共大嫂掩崁我的心意，我是毋敢相信家己；佳敏的出現，佳敏的鼓勵，五、六冬來我不再畏寒，我不再畏熱，我行向前，我跁起去火車頂；家己一個人，寂寞，我哪會袂寂寞？有佳敏做伴，阮有話講，阮互相壯膽，這敢叫做愛情？大嫂德智好意的暗示，我毋是無心的稻草人！佳敏的目神，佳敏的話聲，佳敏的形象，佳敏的關心，親像演奏馬賽進行曲，激動我的興奮，激甕我的信心，佳敏來機場接我，我笑講欲請伊去食法國餐，伊毋免我拍開門窗道鼻著外口的芳味，叫我去伊的公寓試伊新學的手路菜，我暗想，心靈一點通？一塊圓桌仔排三菜一湯，鮑魚燉香菰，煎烏格，豬肉炒菜豆仔，佮豬肚排骨湯，佳敏講伊拜您阿嫂做師父，那講那斟酒嘛共家己斟小可仔，我招伊硞杯，笑講以前咔會攏毋捌看過伊飲酒，伊細聲，歹勢歹勢，阿嫂共我偷報講你飲酒會加足有話講，我暗暗仔偷笑，借酒壯膽，我感謝佳敏先架設舞台，心想演技好媸不相在若真心演出一定有觀眾，酒過三巡，佳敏徛倚來斟酒，我徛起來牽絞伊的雙手，喙口甜出積留的心話，伊雙手攬絞我的頷頸仔，溫柔，細細聲仔，我知影夜暗你會講出喙，我應講我嘛知影，阮的肌膚貼肌膚，心通心，彼夜暗，佳敏留我踮伊的公寓過暝。一禮拜後阮去法院公証結婚，德智佮林教授做阮的主婚人，阮踮餐廳辦一桌請德智、大嫂、林教授您翁仔某，佮佳敏三、四個知己好友，隔工，我佮佳敏坐飛能機去夏娃意（Hawaii）渡蜜月。

　　阮滯踮希蚵頓大旅社，較倚夏路牛牛（Honolulu）出名的

海灘歪去去（Waikiki）的北端，旅社的門口道是沙灘，頭一、
二工早起時仔，我佮佳敏相牽踏海沙嗍海風相海水，到中晝有
樣看樣，綴人沙仔頂曝日頭，夏路牛牛的天氣接近台灣南部的
氣候，阮僥踮涼椅，陽傘遮日，享受一陣一陣的信風越拭肌膚，
細聽一波一波的湧樂伴奏，觀賞五色繽紛的觀光女客，佳敏顧
迷伊的推理小說，我心涼脾開憨神憨神，心待日頭較早落山咧
通閣佮佳敏做伙食海產配夏娃意的雞尾酒，我的眠夢無閣日日
跟隨我的身影，罕罕仔才有一、二遍仔，嘛毋是親像向前迷失
傷感的連續劇，我問過佳敏伊敢有接接作夢？伊應講伊袂記持
夢內的故事，按呢敢有算是接接作夢？我毋知無閣接接眠夢敢
是我的愛情較成熟？佳敏講伊捌看過談論感情節制的冊，伊袂
記持冊名，我訹講感情哪會節制之，傷心欲哮道哮予夠喟煞毋
是？伊解說伊會記持的印象，節制感情是訓練哮予夠喟閣袂拖
生命，我毋知共舊時的沉迷放捒去時間的大海是毋是叫做節制
感情？抑是人的生長嘛親像蛇愛褪殼生長，成熟？

　　阮租車去遊珍珠港，參觀二次大戰日本海軍破壞珍珠港的
傑作，閣遊覽烏鴨府（Oahu）全島，上趣味是我佮佳敏攏愛食
木瓜，阮停踮一個路邊擔仔，一個十幾歲囡仔冰一亞鉛桶的木
瓜，我佮佳敏食甲喙笑目笑，一粒五角，阮二個人食四粒，我
提五箍叫伊毋免找(tsāu)，彼個囡仔接接說謝，到即馬我嘛猶
有彼個囡仔喉仔開開喙齒白皙皙的印象。一禮拜目睭眨咧道過
去，最後一暗阮選一間較優雅的餐館，開一罐紅酒，佳敏家己
斟半杯，我暗暗仔偷笑心內有數，毋過出戲了我煞變做聽眾。
我袂記持話題是誰人起鼓的，佳敏酒那啖那講，男女敆(kap)

做伙是愛情的魅力，但是建立家庭是靠二個人的互信，愛情綴感情波動，有時無風嘛會起波浪，互信是理性才是家庭的地基，伊講煞我大聲拍噗仔，彼暝，阮身軀偎偎做伙，我一手摸家己心肝一手貼踮佳敏的心胸，深思，深思，我褪掉眠夢的蛇殼敢是受佳敏的感染？飛回舊金山，我心神輕鬆，佳敏嘛笑容常開，我共伊提起十幾冬來我攏無轉去看阿娘，踮台北時有幾偌遍計劃好攏是臨時起事故不能成行，佳敏頭殼傍踮我的肩胛頭，講伊欲佮我做伙轉去，伊嘛真久真久無看著恁阿姐啦，阮約定舊曆正轉去，嘛欲去共佳敏恁爸仔母掃墓。

轉去厝裡，正義有一張長批報告鮑魚的銷售，成果中中仔，毛利四、五成淨利二、三成，伊解說台灣鮑魚毋是親像烏魚子是市場的珍品，踮香港鮑魚佮魚鰭並列珍品，台灣的市場大部份是餐廳消費，數量有限，一冬若進口二、三遍仔應該無成問題，我看了歡喜共佳敏通報，以後咱猶有鮑魚通食，第一遍我有留落來一箱佳敏提去送親晟朋友偆誠十粒阮家己享受，正義佇長批的後尾有附短短的留言，叫我去機場接仁傑，我看日期是後日，叫一聲好佳哉，無延長渡假，我等欲共佳敏通報這個好消息，喝聲，仁傑終於來美國觀光！

佳敏的公寓有二間房間所在較闊，我留仁傑滯公寓，仁傑有時差精神無蓋好，我猶是招伊淬咧較加半罐的XO，伊講有酒意較好改變時差，蹁(phiân)咧蹁咧道去睏，第二工，伊講恁的同事報美國的牛排是一等一叫我掣伊去試看覓咧，我佮佳敏陪伊去餐館食紐約T骨（T Bone），伊食甲喙笑目笑接接呵咾，

我看伊心神活跳，順勢問伊欲按怎安排伊的觀光地點佮行程，伊那飲那笑，叫一聲根源，我毋是欲來蹉跎觀光，我是來揣你安排我的囝仔來美國讀冊，我聽一下搖(tshuah)一大趒，我會記持伊的囝仔親像是猶佇讀國中抑是國小，伊無等我應話猶是那飲那笑，講伊有先共同事探聽好勢，美國囝仔讀冊輕可輕可，毋免揹冊包，逐日紮一個野球手套去學校，我毋捌聽著這款路邊新聞，接接搖頭毋知欲按怎應，佳敏插喙替我解危，伊講若真正欲讀冊美國囝仔無比台灣囝仔較輕可，台灣囝仔有惡補暝佮日背冊，美國囝仔的讀冊方法佮台灣囝仔無相全，仁傑無等佳敏講煞隨應講伊探聽的毋是按呢，我緊搓圓講我明仔載掣伊去學校調查看覓咧。

我掣仁傑去參觀我滯附近的初中（Middle School），阮親親看學生囝仔讀冊閣探問入學手續，仁傑接接插喙講我問的資訊佮伊探聽的有出入，堅持己見閣抱怨我是刁工掣伊來看無相全的學校，我心想美國學區制度學校好䆀參差不齊，毋過我猶是相信佳敏的解說，我問仁傑伊囝仔的居留問題欲按怎解決？伊想一時仔親像胸有成竹，應講逐個同事攏按呢做，觀光簽証逾期停留不回，我笑笑，彼是非法呢！伊面不改色，重覆，逐個人攏嘛按呢做，好意，我佮佳敏攏是提議恁全家移民，合法，囝仔閣有爸仔母照顧，伊自言自語，美國早慢會佮共匪仔建交，台灣無安全，移民是一條出路，毋過我踮美國欲創啥？我聽無伊的心意毋知欲應啥。

隔轉工我載仁傑去遊金門大橋，仁傑徛踮金門大橋的觀光點，一爿是太平洋一爿是舊金山海灣，伊驚嘆哪有這款港灣大

甲若海咧，咱的基隆港欲佮人比啥，無人的鼻屎大！我閣載伊去漁人碼頭食海蟳(tsîm)，伊那掰(peh)那喝讚，問我哪會攏無仁？我解說政府規定袂使掠母的，伊喝聲美國人有夠戇有仁毋才會芳！伊毋知美國人的守法精神，我恬恬無應，我加買二隻欲捾倒轉去予德智，夜暗阮約欲踮恁兜請仁傑，大嫂掌廚，佳敏做助手。

規桌仔頂排甲滿滿，有鮑魚，有蟳，閣有七、八盤菜，德智的二個囡仔大聲喝腥臊，仁傑嘛呵咾大嫂的手路，我陪仁傑飲 XO，德智請林教授翁仔某做陪賓恁飲紅酒，我看大嫂佮佳敏嘛敨一層仔，心想恁二個人哪會知影夜暗有好戲演出！酒菜過二巡，大家猶是那食那聽仁傑報告台灣的近聞，無人插喙，毋過講咧講咧話題猶是踅轉來仁傑的身軀頂。

——仁傑兄伊敢有拍算欲全家移民？德智先開喙。

——英語毋捌半句踮美國欲創啥？仁傑酒那飲喙仔笑嘻嘻，面仔無可奈何。

——語言毋是問題，滯咧半冬仔一冬，你放心。德智有經驗信心十足。

——仁傑酒杯仔捧踮手，猶是喙仔笑嘻嘻。

——囡仔當是需要爸母照顧的年歲，你千萬毋通大意！德智親像無說服仁傑袂使之。

——仁傑先飲一喙，我的囡仔真乖。喙仔笑嘻嘻。

——我親親看過的代誌，爸仔母久久仔才來一暫美國，囡仔無親人照顧，功課閣綴人袂著，毋免一冬，真正毋免一冬，囡仔綴人食大麻，不良的行為逐項學

　　甲夠,大家是好朋友我講的是真心話你真正愛三思。
德智轉笑笑親像伊已經盡伊最大的喟力。

—— 仁傑猶是無出聲,面仔轉無可奈何。

—— 李先生!大嫂雄雄插喙,毋是囝仔的問題爾爾。

—— 仁傑幹頭捧酒起來飲,無理會大嫂,顧飲伊的酒。

—— 大人的代誌較大條,大嫂評德智閣較有信心,李先
　　生!查甫人滯台灣無閒趁錢查某人踮美國顧囝仔,
　　好好的家庭變甲亂家散體!

—— 我緊共佳敏睋目,恐驚仁傑誤會,袂了解德智怹翁
　　仔某是出於善意關心,緊招仁傑飲酒。

—— 仁傑飲一大喙,額仔頭注汗珠仔,面仔變歹看歹看。

—— 我緊問伊明仔載欲去叨蹉跎較好?

—— 伊應講伊欲去洛山機揣伊的朋友,腔口無蓋好。

—— 我臆伊是臨時起意,但是苦無話題回轉伊的心意,
　　莫(mài)講我是無同意伊的想法伊的做法,我即馬有
　　家庭,佳敏無出喙表示意見,我哪好勢家己大主大意。

—— 大嫂喝聲叫大家徙去客廳飲咖啡配杏仁餅。

—— 我看仁傑面腔猶是無笑意,我踮伊的咖啡加加一屑
　　仔XO,問伊敢有加較芳?希望改變伊的心意。

—— 伊頭無夯應講伊欲飲予酒脾開。

—— 我緊陪伊飲XO。

—— 林教授笑笑行倚來做伙坐,問仁傑對台灣前途敢有
　　啥物感想?

—— 仁傑宛仔是顧飲酒無夯頭。

—— 我心肝內暗叫一聲，害啦，毋過我佮林教授的交情無深毋敢斬斷伊的話題。

—— 林教授，笑笑，你敢無一屑仔感想？

—— 仁傑夯頭，聲嗽無真好，阮是食頭路人阮無插政治。

—— 林教授親像無理會仁傑的心意，抑是刁故意，高談闊論，蔣家洗腦台灣人，洗腦成功，白白紙染甲烏，台灣人無自覺，烏硬欲拗做白。

—— 我看仁傑頭殼額汗珠仔閃爍閣大喙飲 XO，知影伊的白色恐怖症頭沖夯，明雄捌共我偷講，仁傑有一個好同事收留一個規十年毋捌見面的遠親，無夠一個月伊的好同事道牽掠去食籠仔飯講伊是暗藏匪諜，自按呢了後仁傑變成無全人絕對不談政治，有時言談我無意中聯想著時事，伊道幹頭幹耳喝聲隔牆有耳，夜晚這個所在伊人面生疏，若無，伊早嘛溜旋，拄好林教授停睏去倒咖啡，我趕緊徛起來共佳敏眙目，先共林教授說謝，閣共德智大嫂解說，講仁傑明仔載欲去洛山機我愛先載伊轉去歇睏。

跐機場佮仁傑握手話別時仁傑勉強革出笑面說謝，我猶是真心共伊祝福，叫伊到洛山機愛電話佮我聯絡。佳敏看仁傑離開了後我變沉思不語，伊笑笑，安慰，根源你已經盡朋友情啦！我深思，想起佮仁傑的舊代誌，雖然伊無出喙明講，我知影伊是向望我親像永前會凍替伊效勞照顧伊的囝仔，我細想，伊講大家攏嘛親像伊按呢想，按呢做，伊閣強調，根源！毋是一個人，二個人，你知影是大家！親像哺米粒仔我共伊的話哺

甲碎碎，我無半絲仔自責，毋過規粒心肝向下沉！沉落！沉！

　　佳敏共我介紹新出版的冊我聽甲當趣味電話陳，我講據在伊陳，佳敏猶是行過去接，我聽著伊細聲應是，是，閣扰頭，出聲問伊誰人的電話，伊猶是細聲，阿兄講高雄發生大暴動，伊有錄影中文台的電視轉播叫咱食飽隨過去看，我問伊是啥物暴動，伊無應趕緊共桌仔款清汽。德智陪阮閣看一遍，四、五分鐘的錄影親像是較早聽宣讀總統文告咧！廣播員自吹自播，無轉播任何在場的訪問，鏡頭攏是遊行的群眾毆打警察，火把對付警棍，無理智的暴民圍毆，救護車載走受傷的警察，廣播員甕聲的中國話大聲嚷，台灣人造反啦！造反啦！大嫂捧咖啡入來，看阮攏恬稠稠，出聲，根源你敢有注意，你敢有注意著？遐無啥明的鏡面，遊行的群眾大家攏是坐踮土跤喝口號，德智續話尾，明明您是夯火把㐌那是柴棍仔，那是啥物木劍！佳敏嘛出聲，您敢有想著㐌是政府預設陷阱？德智隨接落去，有可能，美麗島的聲勢愈來愈大，國民黨先下手為強！我憤慨疑問，咋會受傷的攏是警察？大嫂閣喝聲，一定是苦肉計！政府出錢倩鱸鰻拍警察！台灣人可憐！我佮佳敏離開時，德智問我仁傑敢有佮我聯絡，我應講規禮拜攏無伊的電話，可能已經轉去台灣啦！德智細細聲仔，美麗島事件若真正像恁阿嫂講的是苦肉計，國民黨的洗腦真正是成功，台灣人陷害台灣人。閣續落去的二禮拜，我逐日道去買星加波出版的《星島日報》，香港的《明報》，台灣的《世界日報》，佮舊金山中國城出版的《美洲日報》，逐報逐日道是頭版抑是二版，社論加時評，記者

逐日有話講逐日道是罵台灣人，平常時仔恁攏自稱恁是華人，這二禮拜的報紙攏改名恁叫做中國人，恁異口同聲台灣人數典忘祖，恁無批評國民黨半句，中國城自稱華人的中國人恁大大多數毋捌去過台灣，含台灣島嶼是佇佗即踏嘛挲無寮仔門，毋過個個嚴詞譴責台灣人假若是如數家珍。

　　暴動了後國民黨大開殺戒，有去高雄的無去高雄的攏剿掠，有名有姓的當然掠，無名無姓的嘛掠做伴手，掠咧百外仔外，二二八事變後的白色恐怖走到玉山頂，台灣人再度被逼倚閻羅陰府的牆仔邊，滯踮美國有名有姓的華人，佮國民黨大官權貴有瓜絲葛結的人士，暗中佮國民黨的大粒頭見面，恁出面欲替恁的好友，恁的同學講情，恁毋是欲替台灣人申冤，德智共我講伊有聽著路邊消息，講王昇當海外人士的面頓桌仔，大聲叫喝，天下是誰打的？我毋知王昇的頓桌仔聲敢有共海外人士的頭殼頓醒起來！二禮拜過去美麗島的八大罪魁猶有一個摠(tsāng)無著，調查局佈設天羅地網，天頂，海上，日夜巡邏，平地，山內，暝日星探，有夯槍的，有穿制服的，猶有笑面虎爪耙仔，三禮拜閣過去，四禮拜閣過去，就是無蜘絲馬跡，嚴官府的惡名強欲宣告破產！我問德智敢會是已經脫離惡魔島？伊講伊無聽著風聲，我祈禱伊是脫離台灣，對遐暗中支援伊閃逃的台灣人，我五體投地，感動甲流目屎，台灣人毋是攏夆洗腦去，猶有勇敢願意奉獻的人，恁毋驚國民黨劊子手的槍籽，恁甘願忍受國民黨天牢的鞭打愁苦，我憤慨變心動，彼夜暗，我自動共佳敏講，請伊替我申請改變我停留美國的身份，改變我原底 B-1（生理簽証）的簽証，省掉我每一遍轉去台灣道閣

申請再出境，國民黨毋單禁止台灣人出境嘛禁止台灣人入境。

　　隔暝我共德智討王教授的電話，電話接通王教授叫我掛斷電話伊十分鐘後才閣撥予我，我等十分鐘滿心狐疑，恁厝發生啥物代誌？伊有啥物急事？我後悔臨時臨要麻煩伊，十分鐘後伊講伊踮離恁厝無外遠的公共話亭撥電話，解說恁厝的電話有被竊聽，伊予我以後電話聯絡的暗號，我直言，我欲加入組織，伊講伊後個月會來西海岸，叫我見面談，掛斷電話進前伊閣親切共我叫一聲，同志！歡迎你。

　　王教授來踮德智恁厝過暝，我佮佳敏做伙去食暗頓，規頓飯一、二點鐘王教授攏無提起半句我欲加入組織的代誌，原底我向望伊會踮德智大嫂佮佳敏的面頭前呵咾我的決定，嘛期待他會出聲贊同，毋過飯食煞王教授猶是三緘其口，我煩惱敢會是伊袂記持伊答應我的代誌，哪有可能？伊明明交代見面談，做伙飲咖啡時，伊倚起來共德智講伊欲去港邊行行咧，幹頭叫我載伊去，我暗暗仔歡喜是我家己庸人自擾。我佮王教授坐踮港邊的石椅，港水輕輕仔搧岸壁，霧霧的燈火熾出層層疊疊的夜霧，雖然是熱天的暗暝嘛感覺有秋夜的涼意，王教授問我對家己的決定敢會有驚惶躊躇？我閣肯定的應一聲，我袂驚惶，根源，王教授話聲慢慢仔，你有二項多數盟員無具備的身份，第一你是生理人，行動較自由身份有掩護，第二你毋是留學生，你的名字無拎頓烏點，毋知你有考慮過做較祕密的代誌無？我毋知伊講的祕密代誌是啥物工課，恬恬無應，王教授閣續落去，你毋免出名加入組織，你做組織的祕密盟員，你的身

份除去我猶有一個人知影，你敢有這個意願？自細漢我道看袂少偵探小說，即馬閣接接讀CIA（美國中央情報局）佮KGB（蘇聯情報局）的內幕報導，想講王教授敢是叫我去做情報員，內心也雀躍也驚惶，我完全毋知聯盟的內部組織，嘛毋知聯盟實際上是做啥物代誌，緊打消內心的興奮，家己安慰大概伊是叫我做寡雜事無啥物危險，我輕輕仔共伊扰頭表示我有意願，伊嘛扰頭，徛起來，講已經真暗啦莫(mài)予德智等傷久，阮踏入德智的厝內時伊細聲吩咐，伊會直接佮我聯絡。

正義來電話叫我閣訂購一櫃澳洲的鮑魚，我隨佮余安聯絡，伊回電叫我二禮拜後去西里看貨，我佮旅行社聯絡因為我的身份改變毋免簽証，怹答覆二禮拜內安排我的機票，欲坐飛能機進前的一禮拜，真拄好我接著王教授的電話，伊問我最近的行程，我應講後禮拜去澳洲，了後會踅轉去台灣，伊隨應講按呢上好，伊簡單清楚交代我轉去台灣做的代誌，我慢慢仔閣共交代的代誌重複一遍，伊確認無誤。

余安來西里的機場接機，我對西里已經無頭一遍的生疏，余安好意堅持伊欲載我去觀光，阮去參觀怹出名的紅色大石（Ayers Rock），巨大的珊瑚群（The Great Barrier Reef），黃金海岸，動物園，補足我第一暫無滇飽的好奇，余安假若算準我會共伊交關，等到我欲離開進前二、三工才掔我去冷凍廠看貨，我假意講貨色比前一遍差小可仔，伊笑講我無老實，我故意停一時仔，出價減五仙，伊猶是喉仔笑笑堅持佮前遍全價，我恬恬無出聲，伊落軟講照原價成交伊欲送我二箱無料的，我想二箱二百外箍有夠我的所費道扰頭佮伊握手，毋過我猶是毋敢坦

白講出我是運去台灣，嘛因為飛機票早道訂好，我無去拜訪林牧師。

我唯西里飛香港轉機轉去台灣，假若有較加一冬無轉來台灣，雖然干單冬外的時間我親像有感覺講袂出來的生疏，正義講伊有加倩二個員工安排夜暗做伙食飯熟似，我佩服正義經營生理的才華，公司繼續佇擴大，宴席食甲欲半席我猶是無看著仁傑的人影，直覺嬷預兆，踮員工的面頭前我毋敢出喙問正義，正義嘛無主動解說，到散席我猶是期待有奇蹟出現，仁傑會突然喙仔笑嘻嘻行倚來，正義看我無時差的睏面講欲載我去辦公室，伊講伊的辦公室徙起去三樓，即馬員工較濟公司共一二三樓剩買起來，我頭一遍看著伊食薰，伊親像了解我的心意無等我發問，薰煙那歕那訴苦，伊已經嚗三、四個月啦，心頭的鬱卒借薰煙大喙歕歕出來，我共誅，伊是去佗一踏學著這款魄步！伊吐一下大喟，苦嘆佮親晟做伙做生理公私難分明，我看薰煙唯伊的鼻孔，喙口大港大港霧出來，伊拍開水道頭，三個月前仁傑拆股離開公司，阮牽的無了解對我袂諒解，阮鬧甲強欲分手，即馬暴風已經掃過面啦，雨過天並無全清，伊去冰箱捔冰麥魠二杯，喝聲叫我先飲止喙礁，伊解說許廠長佮仁傑的思想本底道無對全，這二、三冬公司資金充裕較少運用銀行的放款，仁傑抱怨阮是刁工共伊冷落，唯美國轉來伊閣變本加厲不可理喻，親像公司是伊家己一個人開的，要求東要求西，許廠長氣怫怫當面佮伊刣，喝聲若無恰意大家拆拆咧，我佮伊是親晟想盡辦法欲搓予圓，揣伊單獨對談，伊毋單堅持己

見閣歡火燒到你，我聽著歡火燒到我目睭金起來，正義苦嘆一
聲，伊罵你知恩不報，鄙相你即馬好過啦，毋捌人啦！毋幫忙
無要緊閣叫你的朋友弟兄共伊公審，害伊面子失了了，我拍斷
正義的話頭，喝聲代誌毋是按呢，正義共我拽一下手閣斟二杯
招我飲予礁消一下氣，我強忍憤慨共酒灌礁，正義講伊有接著
德智一封長批，伊知影來龍去脈，閣講仁傑大概是白賊話講傷
濟良心責備睏袂去，伊欲離開時家己吐真言，講你為伊犧牲家
己離開學校成全伊讀大學，我想講正義已經知影來龍去脈我無
需要費神去解說細節，憤慨變哀傷，質問人性的自私，質問人
生的貪婪，嘛想著佳敏的勸言，自私，貪婪是無底洞，你的自
責無助於事，反而助長貪婪者挖深無底洞。正義看我深思不
語，出力搖我的肩胛頭，根源代誌已經過去啦，已經風平浪靜
啦！聽講伊佮一個踮洛山機的朋友合夥，正義無等我出聲，講
明仔載伊欲載我去后里，公司即馬資金充足佮工廠合作經營新
行業。

　　后里永大鐵工廠的頭家鄭天成看著正義假若魚仔撞著水
咧，正義有共我通頭鄭天成是伊踮調查局食頭路時熟似的好
友，伊無細講我嘛無追問，鄭頭的先請阮泡茶講笑詼才掣阮去
參觀工場，規模袂細有十外冬的歷史，主要的產品攏是建築用
的材料，圓鐵仔（鐵筋），扁鐵，角鐵佮糟仔鐵，十一點外鄭
頭的道掣阮去食晝，伊人豪爽閣有酒量，那飲那配話，講伊
的工場使用的原料枋是厚枋（熱軋），家電使用的是薄板（冷
軋），台灣生活水準提高家電用品的消費嘛增加，現此時台灣
內銷的家電用品生產品管規格無嚴格，生產工場為著減低怹的

成本攏是規格枋佮二級枋混用，二級枋是尺寸不合規格抑是品質小可仔有走徙的次級枋，國外大間鐵工場攏有這種產品，中鋼拄開廠無外久，五冬內猶無能力生產規格的薄枋，台灣工場使用的原料枋攏是唯外國進口的，我聽出來鄭頭的話意，原來我踮美國徛起派上用途，我無出聲喉角孚出微微仔笑意，鄭頭的看阮攏恬恬閣招乾杯，正義共伊喝聲，預祝咱合作成功！鄭頭的看一下手錶仔喝聲講時間猶早早咧伊欲掔阮落去高雄，伊嘛欲親親傳授我的手藝，我佮正義異口同聲喝好。阮到高雄猶袂五點，鄭頭的先紹介顧倉庫的烏松的佮阮熟似，講是伊的換帖的，閣講高雄有蹉跎仔討保護費的歹習慣，好佳哉，伊有烏松的恁一幫好友鬥照顧。

　　鄭頭的倉庫規百坪囤甲規倉庫的鐵枋，伊叫烏松的唯辦公室提二項物件予我，一枝是儀器，伊講是量鐵枋的厚度，另外一枝是普通的虎頭鉗(khînn)仔，我問虎頭鉗仔是做啥物用途？伊講等咧你道知，正義佮我綴伊行倚一堆一梱一梱的鐵枋，伊揣一梱已經拍散的鐵枋唯我的手接過彼枝儀器，夾稠鐵枋鎖絈絈了才勻勻抽出來，比予我看儀器的空縫，出聲算一二三有三刻，這是三分枋，八分之三英吋，順手閣接去彼枝虎頭鉗仔，唯彼塊鐵枋的角仔絞絈絈出力拗，拗咧三、四拗叫我頷落去看，伊講鐵枋彎彎但是無斷去，這塊枋韌(lūn)度有夠，若是斷去道是材質傷定，我掠伊金金相，伊笑哈哈，老細的，這是真手藝，你這二項武器紮踮身軀邊即馬加試幾遍仔，我保証你道會親像我變成虎鼻獅，遠遠仔道會鼻出來鐵枋味，材質有合無合一看道知，鐵枋哪有味！我聽甲憨憨誆，伊是笑甲大細聲，

我無意無意嘛綴伊笑，原來生理無遮呢簡單，隔行如隔山！阮幹倒轉去辦公室，鄭頭的叫烏松的載阮去洗三溫暖，我想著我的任務假意講我無習慣洗三溫暖，敢好拜託烏松載我去西仔灣，鄭頭的一聽笑甲東倒西歪，老細的！美國滯久含頭殼道拖歹去啦，看海，海水有啥物好看！

　　西仔灣的海垺仔有海防看守，我順防波堤散步，唯橐袋仔撢出來一台電晶體的收音機行幾步仔道共收音機轉一個無相全的方向，來回行咧三、四暗，烏松踏倚身邊問我是佇聽啥？我笑應講聽台灣歌仔，伊搖頭好像無信我的話，我閣試一暗猶是無結果，拜託伊載我過去旗後，旗後猶原有海防，我踮防波堤頂試咧誠十分鐘，猶是無結果，但是有收著廈門的中國人民廣播電台的天氣預報，心內暗暗仔質問，敢是我方向掠無對？抑是我記的頻率毋著？抑是呂宋（菲律賓）無電台播送台灣島？我失望，搖頭，叫烏松的載我倒轉去，車頂，烏松笑笑問我台灣的海水佮美國的海水敢有相全？我知影伊共我詼，我嘛笑笑，應講我是高雄人對高雄的海水有特別感情！伊頭殼搖咧搖咧，我毋知伊是扰頭抑是詼我講痟話。

　　鄭頭的佮正義敆做伙話屎規腹肚，暗頓食煞鄭頭的閣叫烏松的揣一位較清靜的所在恁欲繼續清腹肚的屎氣！烏松的載阮去一間五福咖啡店，講是恁大姐頭仔開的，純食咖啡，恁的兄弟攏踮咖啡店話仙歇睏，我行上煞尾綴恁入店內，二樓，所在曠闊電火光牆排設嘛優雅，有幾偌塊桌的人客是置佇行棋博牌仔，恁的咖啡甌仔攏礁底，倚窗仔邊的雅座有三、四對的男女伴；烏松的先共恁大姐頭仔吱吱喳喳，恁大姐頭仔笑面掣阮

去較內底的圓桌仔，笑講咖啡連鞭來隨行開；招待小姐捧四甌
會沖煙的咖啡來閣排甲規桌的物配，鄭頭的幹頭招呼大家飲咖
啡，歐洲式的咖啡無泡糖加牛奶傷厚，我詛(tsòo)詛叫，鄭頭
的笑笑，老細的，美國滯久含喙口道袂合啦！鄭頭的毋知是恰
意我啥，自食暗頓道接接共我詼，詼我敢是去佮台灣海水博感
情？我臆是烏松的共伊偷報我踮西仔灣的行為，笑笑共應，台
灣的海水假若約旦河水咧！伊出聲共我問，你去予章賣寶飾者
（John The Baptist）洗禮？我知影伊是教徒閣加一句，台灣海水
是信心洗禮，毋是洗禮信教，伊無佮我相爭教義問我這幾工敢
有看報紙？我直言，我無看做賊喝掠賊的台灣報紙，這個所在
無外人相交插，伊喝聲講伊是佇講公審庭八大罪首答辯詞的報
導，伊閣叫一聲老細的！你讀了你會親像是看著采踮暴風雨中
的八枝燈篙徛立搖擺不倒！我聽出伊心靈的跳動，隨應講我夜
暗會去揣來看，無張池烏松的插喙，伊操一聲，恁攏是拏冤枉
的！正義夯頭，鄭頭的夯頭，我嘛綴夯頭，烏松的話聲無放低，
暴動的一禮拜前南霸天道發出風聲，招集南部七縣市的兄弟參
加人權遊行的盛舉，伊看阮目睭攏無眲閣喝聲，南霸天無可能
半暝仔食西瓜反症，一定閣是做賊喝掠賊，鄭頭的無等烏松的
解說，你敢有去現場？烏松的閣操幾偌聲，違背道義的代誌我
哪做會落去？伊的面腔閃爍怹烏道的倫理憤慨！我想起來大嫂
的預言，歡喜大嫂的預言毋是假包(pāu)的，毋過嘛隨聽著德智
的苦嘆，台灣人陷害台灣人！

　　隔工鄭頭的有代誌留踮高雄，正義載我轉去台北，踮車頂
正義提起許廠長前暫因為伊出張去日本無機會做伙，前幾日仔

撦電話叫伊安排時間食暗頓，我應講我後日道欲轉去，明仔載閣有私事，伊問我敢好延期？我推講愛趕倒轉去改裝澳洲進口的鮑魚，正義扰頭，講伊欲共許廠長解說叫我毋免掛意，我心想正義叫伊許廠長，閣是開製藥廠，敢會是，敢會是許榮基？我猶有較要緊的代誌欲拜託正義無追問落去。我拜託正義共我大部份的存款匯去美國，正義笑問我敢是成家愛買厝？我扰頭毋敢明言，我內心有興起無明的驚惶，感覺猶是量早轉移財產去美國留予佳敏，我閣拜託伊揣一個滯踮高雄的巫仁德，每個月匯予伊二萬箍，叫伊予阿公阿嬤各一萬，正義笑笑講一定照做。

　　第二工下午三點我佮一個姓林的人電話約定，伊叫我先坐公車到新生南路，再坐計程的去火車頭，行路斡去衡陽街揣一間正名的咖啡室，四點過五分我踏入咖啡室認定窗仔邊的座位，佮伊交換暗號了轉達王教授交代的話，伊扰頭講伊會記持，我問伊敢有啥物話欲轉達？伊先講一寡仔時事閣講林義雄獄內受酷刑，大約談咧二、三十分鐘，伊唯身軀撈出二張批，地址分開寫，叫我出境後寄出，我共批收入橐袋內，伊叫我先離開，行去火車頭才坐公車去中山北路，了後叫計程的轉去旅社，注意觀前顧後，我扰頭，細聲講再見，行出咖啡室，我永遠道記稠彼個人的目神。

　　彼夜暗我款行李，共批紙佮地址分開夾入無相仝的資料袋仔，皮箱鎖好心肝頭猶是接接趏，溜落去旅社的酒吧叫一杯XO，借XO的酒精力過咧誠半點較沉靜，毋過倒落眠床目睭金金無睏意，爬起來，開燈，看一、二十分的冊，關燈，閣倒落

眠床猶是金金相天篷，閣爬起來，拍開資料袋，暗記收批的所在地址，國際特赦組織，倫敦，英國，念咧五、六遍確實記稠頭殼內，我共寫地址的紙燒成火麩，沖馬桶，倒落去眠床，喉仔細聲念，出境，順序，目睭才勻勻仔瞌去。

　　轉來舊金山無閒三、四工共澳洲的鮑魚換紙箱改包裝出口倒轉去台灣，我共余安送的二箱留落來交予佳敏，伊分送予親晟朋友倆較加二十粒留咧阮家己食。過來二禮拜我佮亞利士（Alex）取得聯絡，佇高雄時鄭頭的有提亞利士的名誌予我，伊交代亞利士的公司是專門處理美國鐵工廠的次級枋，閣講伊佮亞利士已經有誠冬的生理來往叫我轉來美國隨佮伊聯絡。我自我介紹了亞利士第二工道回覆電話，約我一禮拜後先去春蓮墩（Trenton）佮伊見面，伊欲掣我去費城，紐澳堀（Newark），佮新下塭（New Haven）看貨。鄭頭的講解鐵枋的行話我揣無人翻譯做英語，拜託佳敏唯圖書館借出來一本漢英手冊佮二本有關金屬的基本知識的英文冊，家己惡補一禮拜猶是半桶師仔，只好自我安慰家己目睭挲予金耳孔挖予利那看那學，嘛向望亞利士是好做伙的生理人。亞利士佮我的年紀相仿三十外，伊講大學畢業了道踮歐峰鐵枋出口公司食頭路，七、八冬的經驗即馬是恁公司販賣台灣、香港、南韓地區的負責人，聽伊講話溫和親切，我坦白家己的無經驗，伊叫我放心講伊了解鄭頭的門路，彼暝踮春蓮墩過暝，第二工透早伊載我去費城的鐵工場，伊先掣我參觀工場冷軋鐵枋的生產過程才去看彼批次級枋，頭一遍，我搬鄭頭傳教的手藝現場實用，亞利士看我滿身重汗一

遍試過一遍，新跤手動作含糊閣無敏利，伊只是笑笑無置評，看我停睏問我貨色敢有合？我應講是三分枋滲二分枋，伊扰頭閣提一份開價單予我，價數分開CIF（台灣交貨）佮FAS（美國碼頭交貨），我講予我比較看覓咧，伊應講無趕緊，彼暝蹛費城過暝，伊交代過去二暗是欲滯蹛紐約的AB旅社。

　　飯後倒轉去房間我照約定直接佮鄭頭的聯絡節省時間，我先報告貨色佮材質，鄭頭的應講伊有買過費城彼間鐵工場的鐵枋，您的貨有合用，數量閣是五百外噸爾爾叫我用FAS的價數佮亞力士成交，毋免我家己費心神去攬散裝船，亞利士的公司大量出口運費較俗，生理代誌處理煞我看時間八點外仔爾，想起來王教授滯蹛紐約附近道撥電話佮伊聯絡，伊問我即馬人佇佗位？我講夜暗是費城過暝，明仔暗佮後日是滯紐約的AB旅社，伊講這禮拜無閒袂凍見面，毋過伊欲叫一個人去旅社揣我，我問誰人？伊叮嚀留意聯絡的暗號。

　　紐澳堀彼間鐵工廠的規模比費城的工場大真濟，生產量嘛大，貨色佮費城的材質真接近，亞利士開出三千噸剩買佮買部份的數量二種無全的價數，我應講鄭頭的才知影工場的消費量我愛佮伊會商才會凍決定交易的噸數。彼下晡阮道倒轉去紐約的AB旅社，天氣燒熱亞利士招我去酒吧飲雞尾酒話仙，亞利士叫馬丁尼我嘛綴伊叫，伏特加冰涼透心，亞利士呵咾鄭頭的是伊撞著上內行的頭家，講話肯定閣守信用，我替鄭頭的共伊說謝，嘛續喙解說鄭頭的工場擴大傷過無閒才訓練我這個新跤仔，我無透漏公司的內部結構，亞利士講我嘛有鄭頭的喂口，猶閣有，佮鄭頭的愛經過別人翻譯，雖然了解心意無直接交談

的樂趣，我共伊說謝嘛記起來夜暗的約會，暗頓食煞道佮亞利士分手。

　　九點正我聽著弄門的聲，我踏倚房門相過房門的目孔，弄門的人比一個葵笠的手勢，我勻勻仔開門，伊講伊叫阿金的，我應講我是阿土的，確認暗號了我請伊入來坐我泡咖啡。我坐踮伊的對面飲咖啡，伊唯一個超商貯物件的紙袋仔提一本冊予我叫我先讀看覓咧，我接過手是一本用釘書機裝釘的小冊，佮冊皮總共44頁，冊皮有漢字打字，細細字，「技術手冊」，分六章，注意事項，縱火術，炸藥，爆炸裝置，車輛的破壞方法，滅音裝置；我猶會記持目錄的頭前有一句引言：當一個人一直都是人家暴虐的對象時，教他不要保衛自己乃是罪惡的——Malcolm X（美國烏人運動家）。阿金仔問我敢有做過兵，我應有，伊續喙，按呢你對武器無生份，咱的時間有限你想欲學啥？我閣反一遍彼本技術手冊，應講你教我炸藥佮爆炸裝置，伊扰頭。

　　炸藥部份伊集中教硝化棉（無煙火藥）的製法，十幾分鐘道講解清楚，煞了伊用點外鐘的時間演示鐵管炸彈的製造，分材料，導火線佮定時器三部份講解，我顯示有消化不良的現象，伊安慰講，你夜暗家己閣閱讀資料，列出疑點，明仔暗伊紮部份的實物予我看，我送伊出房門才看著，伊跤跛咧跛咧行去坐電梯。

　　隔工亞利士載我去新下塭，彼間鐵工場是鐵材加工廠毋是生產工廠，鐵枋是惗用偆的鐵材，材質，厚度參差不齊，雖然亞利士開出較俗的價格，我嘛無買的明確表示，食暗頓時我

共亞利士解說，我明仔載飛倒轉去舊金山進前會予伊肯定的
答覆，亞利士笑笑，看你倦倦較早休息咧！阿金仔準時弄門，
阮無閣客套，伊先提導火線的樣本予我看，我問伊氯酸鉀敢有
代替品，市場敢買會著？伊扰頭，看我無閣問問題，伊唯紙袋
仔提一粒鬧鐘仔采踮桌仔頂，開始演示如何接雷管，如何接電
池，如何定時，我綴伊的演示一步仔一步共字面的知識踮頭殼
內轉化成實體，伊特別吩咐我愛先家己試製，一遍過一遍試甲
熟手，千萬毋通大意，我共伊說謝伊嘛共我說謝，我毋知我是
說謝啥物，我惦念，世間上猶有伊這款無計較名利的人，我佮
伊做伙四、五點鐘，我毋知阮是毋是會閣見面，黯然心酸，伊
親像嘛有心感，行出房門，我閣目送伊，看伊跤跛咧跛咧行去
坐電梯，我伸手拭一下目尾。

　　亞利士載我去機場，我交予伊購買的數量，伊講一禮拜內
恁公司會先寄出 Profama Invoice（購買清單）予阮申請進口執
照，我應講接著契約書了阮會隨開出信用狀（Letter of Credit），
我佮伊握手言別登上飛機。

　　佳敏催我緊起床，講下早起欲去卡麥澳，想著卡麥澳白綿
綿的沙灘，藝術罩霧的氣氛，倦惰(tiuh)惏嘛變甲真興奮，反一
個身爬爬起來，自從佮佳敏做伙去一晬了，卡麥澳變做阮的精
神興奮劑，滯踮倚海垺仔的旅社，聽一崁一崁的海湧聲親像是
聽催眠曲的和諧音，音響揉軟疲弱的筋骨，坐踮沙仔頂，微微
仔海風搧拽心神，殕殕仔閃爍的星光平心氣和，佳敏駛車，我
坐踮車頂，二點鐘的車路我期待閣期待，佳敏煞講伊有佮房地

產經紀人先約欲看厝，一間一間經過建築師精心設計的別莊，
歇踮一崙一崙的沙崙仔頂真正是人間天上，唯別莊的門口毋免
行五十公尺海湧道崁到跤邊，一望無際，深藍閃爍的海水，我
驚羨，新奇，喝聲哪有遮呢嬌的所在！經紀人安妮陪阮徛踮看
海的陽台，我予海風，湧聲搧甲憨憨，佳敏佮安妮幹入去巡視
房間的裝設，我徛踮陽台作夢，二十冬，閣工作二十冬仔，阮
退休，佮佳敏，二個人，踮遮，好日子順著鐵枝路駛入終站。
佳敏恬恬聽安妮解說，我看伊躊躇，共伊眨目，閣出聲鼓舞，
伊金金共我相，細聲，五十萬（美金）呢？我笑笑，問伊厝價
升值敢會比銀行生利息較媄？阮對相一時仔，伊撓(nàu)一聲，
唯遮去沙莉納毋免三十分鐘你敢知影？伊無意中的這句話煞促
成阮的決定，彼下晡，阮佮安妮簽約，安妮叫阮準阿滯別莊毋
免去滯旅社。

　　隔轉工阮踮卡麥澳的冊店浸咧一、二點鐘，冊店有特別
一個所在排展史坦貝克的冊恁叫做當地作家的櫃廚，阮二個人
四枝手指四袋冊搬運轉來排踮別莊的冊架仔，一本仔一本，
我那排那算，小說有十九本，唯上早的《金杯》（Cup of Gold，
1929）算到伊最後的創作《咱不知足的冬天》（The Winter Of
Our Discontent ，1961），非小說有七本，猶閣有別人的評論佮
傳記，二層冊架仔排甲滇滇，我坐踮地板展望冊架仔出神，佳
敏誃我未讀先酒醉！

　　二禮拜後住宅過名的手續辦好勢，我嘛共鐵枋的交易整
理好寄倒轉去予正義，佳敏講伊刁工請一工假欲去別莊排設房
間，拜四黃昏，假若揣著桃花源的心神，阮嗦笑目笑踏入彼間

面對太平洋的別莊，阮坐踮看海的陽台，金光的紅日頭逗逗
仔歇落水面，閃爍一絲仔綠色，瞬間消失，紅光踮水連天的天
頂海面搬演萬道霞光，佳敏微微仔笑，問我你敢知影日頭落海
彼踏，你若直直行去會到台灣？我扰一下頭。彼暝阮睏踮桃花
仙洞，毋知是啥物時陣，我翻一個身赫精神，憨神憨神，搰一
大趒，叫出聲，即馬是啥物時間，哪會日頭光炎炎，唯落地窗
貼滿四面壁貼滿天篷，我號做天頂彼粒圓圓嬌嬌的道是日頭，
大力共佳敏搖醒，叫伊緊起來賞奇景，伊半醒半睇仔行倚窗仔
邊，叫一聲，阿源！你看海面，規面親像黏貼千千萬萬的銀片
仔，銀片仔互映艷麗的月娘光，我聽伊細細聲仔吟讀，窗前
明月光，夢幻水晶宮！阮做伙坐踮床頭，四蕊目睭毋敢眲，
二枝喙毋敢出聲，月娘輕移蓮步，我去斟二杯酒繼續陪伴月
娘，佳敏問我冊架的冊讀幾本啦？我講我扰好讀煞《憤怒的葡
萄》（The Grapes of Wrath，1939），印象裂裂落落，伊應講讀一
遍無夠啦，閣問我敢知影沙莉納的青果商出資替史坦貝克企紀
念館？我搖頭，伊講史坦貝克若猶活咧，毋知伊是欲受氣抑是
歡喜？我應講伊是寫小說，伊同情做工仔人，伊替做工仔人的
求生存大聲吶喊，伊敢是真心反對青果商？佳敏笑笑，你生理
人你當然同情生理人！我辯解，生理人想孔想縫欲趁錢，史坦
貝克的大名是趁錢的招牌所以悠投資企伊紀念館，嘛替史坦貝
克宣傳，佳敏追問無放手，《憤怒的葡萄》扰出版時，沙莉納
的青果商群起圍攻誹謗(huí-pòng)伊的作品，即馬替伊企紀念
館敢是純粹趁錢，抑是悠欲贖罪？我應講，我嘛毋知生理人是
毋是有贖罪的意念，但是我肯定，生理人若無錢趁悠是袂出錢

投資的，佳敏無理會我的評語，自言自語，遐百貨商人揀一條細條街仔路當作觀光點招攬顧客，因為史坦貝克寫過《罐頭巷》（Cannery Row，1945），生理人道共街仔名號做罐頭巷，你想這敢是號做紀念伊的文學成就？我嘛毋知是毋是，續喙問伊彼條街仔敢是欲去水族館彼條街路？伊笑出聲，咱咔會講講遮五四三的話，我綴伊笑出聲，誠講妳是欲知影我這個生理人敢是佮散鄉人徛做伙？佳敏無應我，手比出去窗仔外，嬌面的月娘行倚霧霧的海水，遮（jiah）去較加半個面，無一時仔，房間，外口，天頂攏變做烏面獠牙，我看佳敏接接哈肺，受妳傳染，阮做伙倒落眠床細聽海湧演奏催眠曲。

　　過晝仔我因為排設房間做甲滿身重汗共佳敏喝聲，我欲落去浸海水，海水的溫度無懸，倚水堆仔有三、四個人夯土劙（tshiám）挖沙仔，我好奇行倚去看，原來是佇挖蛤仔，我徛踞水堆仔沁（tshín）采用跤指頭仔挖（uih）煞予我踏著二粒大粒的，市散（si- tshuah，趕緊）走倒轉去厝內捔一跤（khah）塑膠桶仔，佳敏問我欲創啥？我那走那喝挖蛤仔，我相全用跤指頭仔挖咧二十外分鐘，跤指頭仔起酸痛，停睏，聽著佳敏共我叫，你假若佇跳Tango咧！探戈舞，敢有影？我大聲應，我閣加挖一、二十粒仔夜暗咱煮蛤仔湯。無張池規個海面起大霧，一秒鐘，二秒，十秒，我的四周圍霧霧霧，伸手不見五指揣無方向，湧頭愈崁愈懸，我驚甲毋敢振動，罩霧中親像有無明的人聲，敢會是佳敏的叫聲？我認袂出來方位毋敢徙位，突然二陣大風掃倚來，捽開雲霧，無幾秒鐘海面閣清汽清汽，我看佳敏徛踞沙仔頂共我挨手，趕緊大伐徙位行起去沙仔頂，大叫一聲，好驚人！佳

敏嘛那喝那挼心肝，我笑講咱夜暗的菜單是，白霧蛤煮薑絲，烘紅鰱魚頭（鮭魚），暗頓，蛤仔湯真正清甜我加斟咧二、三杯，酒意有夠共佳敏拽一下手道去見周公。眠眠中予佳敏搖醒耳孔邊聽著伊的話聲，今暝的月光晏咧誠十分鐘才出面，我坐起來床頭，唯頭毛到跤指頭仔全身浸浴月光，暗暗仔自問旦是昨暝較光抑是今暝較光？佳敏講伊攏無睏全工等月光，我笑問妳夜暗欲講啥物古？伊想一時仔，你敢有注意菲律賓的新聞？我隨便應，妳是講一、二禮拜前馬可仕踮馬尼拉機場暗殺伊的政治對手的新聞？妳敢會記持伊的對手叫做啥物名？阿奎諾，佳敏回應，阿兄講伊前禮拜有接著王教授的電話，王教授共阿兄苦嘆伊失去一位好友，我驚一越問伊阿奎諾是王教授的好友？佳敏抐頭，我嘛聯想著王教授交代的任務，叫我唯台灣試聽呂宋電台的播送，心疑德智敢是王教授講的另外彼個人？德智袂透漏我的身份，佳敏的問話敢有啥物用意？我即時清醒起來，佳敏閣講伊聽著阿兄抱怨，講組織內底有真濟人是痟想無流血的革命（寧靜革命），無了解國民黨的本質比馬可仕閣較殘酷惡毒！我一聽伊的話意無牽連著我的身份，放心，接伊的話尾，妳敢會記持英國的歷史，光榮革命進前英國人早已經流幾偌百冬犧牲的鮮血？佳敏抐頭，感慨，講美國人的民主嘛是經過獨立戰爭，南北戰爭，二遍大流血得來的，我興奮，講前禮拜我有看史坦貝克一本類似偵探的小說《月落時》（The Moon is Down，1942），伊替同盟國宣傳，鼓舞二次大戰盟國戰士的士氣，小說的地點是予納粹占領的北歐的一個小鄉鎮，主角是二個兄弟仔佮恁厝邊的一個女士，恁聯手暗殺一個納粹士官，

事後二個兄弟仔逃離家園加入地下反抗部隊，佳敏問我，你敢有體會史坦貝克是欲詮釋民主政治政制度嘛是愛靠人民流血去保養？我那扰頭那講欲去斟酒，佳敏笑笑叫我斡頭看窗仔口，月娘女士已經予無情的烏雲遮(jiah)去規個面啦。

日時仔，阮閣出去蹓畫廊，蹓甲跤酸暗暗才轉來桃花洞，暗頓食煞窗仔外烏烏烏，二、三粒星光踮烏底閃熾，月娘遲遲毋行出閨房，我問佳敏敢欲先睏一醒仔？伊應講伊欲看冊等月娘。阮坐踮客廳苦等，今暝閣比昨暝較晏咧一、二十幾分鐘，光彩嘛較失色，我拍開沉靜的鎖頭，講正義有來電話叫我一禮拜內轉去台灣一晬仔，伊解說公司有計劃欲經營出口，台灣的生產工場有約美國的推銷公司做伙踮台灣會商，佳敏扰一下頭閣笑笑問我，前禮拜王教授敢是有撥電話揣你？我應講阮講一寡仔例行的代誌，伊敢是閣叫你出錢？我趕緊續話尾笑笑應講是，是。佳敏轉疼惜的話聲，你敢袂傷惝？無閒生理閣去補修學分，我應講這學期預定選修一科道好，猶有較加冬半的補修時間咧，伊無等我講煞，笑笑，我有偷看你的成績單，你真正有本事，猶是輕聲細說，咱欲轉去台灣的時間是欲延到當時？我愕去一時仔，以無聲應有聲，伊叫一聲，阿源！我真想欲佮你做伙轉去一晬台灣，你道較注心揣時間咧，我共伊攬倚來，踮伊的耳孔邊細細仔聲，我一定會揣時間，阮溫存閣溫存，等閣夯頭，嬌月娘早道忝入去水底，房內房外烏天暗地，我笑講夜暗煞戲啦！伊嘛笑笑，干單三暝的天方夜譚！

我佮正義坐飛能機去台南，負責推銷中南部的黃大樹來接機，伊先載阮去東寧路的辦事處休息才閣載阮去長榮路的一

　間麥仔酒餐廳，天氣熱熱三個人親像灌大伯咧，閣推(thui)蝦仁肉丸，停喘時正義解說合作的計劃綱要，台南的金永企業負責生產產品，加州聖地牙哥的世界貿易公司負責銷售，咱台貿統籌資金，正義問我對合作組織的看法，我講資金的結構親像設計甲傷過複雜，正義解說，金永生產健身運動器具賣予世界踮美國市場推銷，恁已經有二、三冬的交易，營業平常平常，三、四個月前世界推銷公司接著一間電視銷售公司欲採購世界供應的產品，世界因為資金短缺毋敢答應，金永嘛因為無國外貿易的常識無增資供應的意願，金永的陳總的出面問咱敢願意擔這個風險？我麥仔那飲那問，生理是誰人介紹的？正義應講大樹佮陳總的是好朋友，我幹頭，大樹笑笑，講伊佮世界的戴理（Terry）佮陳總的佮金永恁四、五個部品工場的頭家有約夜暗做伙食暗頓，我笑笑共大樹應講我歡喜佮恁見面。彼夜暗約定二點鐘的飯局拖甲三、四點鐘，遮部品工場的少年頭家大家酒會飲拳會喝，出無三個菜桌仔跤道排咧二、三打的空矸仔，美國仔嘛隨和佮恁喝拳食烘豬心，飲甲爽歪歪無講甲半句生理話，大樹半精白仔的英語作翻譯，美國仔飲無夠喟招欲第二次會，少年頭家攏興趣酒家無人欲陪陳總的，正義歹勢離席叫我做伙陪美國仔去舞廳，舞甲半暝大樹才載正義佮我倒轉去旅社，阮約明仔早起去參觀金永的工場。

　　我佮正義行入去金永的工場拄好陳總的佮伊的廠長當咧指揮生產線的組合，陳總的欲招待阮去辦公室，阮堅持欲參觀生產線的運作，二條生產線，每一條大約有二十外公尺長，電動輪轉，大約有一、二十個女工分徛每一條生產線的二爿，有鎖

螺絲，有接塑膠套，較粗重的搬運交予男工做，運作有條不亂，我初次看台灣生產工場的運作，感覺新奇，出聲稱讚，正義插喙，台灣的工人勤勞閣有頭殼，我接接扰頭，阮看咧較加一點鐘大樹行倚來問阮敢欲去辦公室參加新樣品的討論？陳總的佮您品管吳的當佇組合一台小型的跑步器，大樹先共阮解說，講這款小型的運動器具適合美國家庭室內運動，樣品是美國仔提供的，伊斡頭替美國仔作翻譯，陳總的一手紀錄一手示範，美國仔親手操作，您武咧規點鐘美國仔猶是無滿意，陳總的搓圓講伊欲重拍樣品較閣再試，毋過倚踮邊仔觀場的部品工場頭家大家無煩無惱大聲喝咻，腹肚夭啦毋道緊來食晝，我佮正義原底計劃食晝了閣去參觀部品工場，誰知大家燒酒一飲無人欲離席，我偷偷仔問大樹下晡時仔工場攏停工？大樹笑出聲，無啦，做工仔哪有遐好孔！遮大頭家大大細細這幾冬攏有趁著錢，逐工天天醉，中晝續下晡，下晡續半暝，我佮正義聽甲攏搖頭，阮只好延到第二工的早起才去參觀做模的，做鐵管的，做紙箱的佮做電鍍噴漆的部品工廠，彼中晝閣是佮昨方相仝的飯局，拖甲到下晡二、三點正義講公司有代誌伊欲轉去台北，我毋知伊是借理由金蟬脫殼抑是講實話，我共講我欲加滯二工仔，我欲揣時間佮美國仔了解銷售的情況，大樹佮我做伙送正義去台南機場了閣約定六點見面。

　　大樹載我去高雄一個姓林的選舉事務所，閣伴我去見姓林的本人，我介紹我姓巫代表聯盟來送捐款，姓林的親切欲招待，我推辭，您人濟出出入入，我猶是恬恬來恬恬走，我共事先準備好的五十萬（台幣）分做五個信封交予伊，預祝伊中

8

選嘛拜託伊轉交予其他四個候選人，伊共我的手握絯絯，我看伊目尾溼溼，閣細聲祝伊中選才離開。隔轉工我佮戴理交談咧一、二點鐘，伊講新樣品若試好勢伊計劃後禮拜紮倒轉去美國，我佮伊約定跐聖地牙哥再見面。彼下晡我叫大樹閣領五十萬現金，大樹講伊代誌若交代好勢明仔中晝道載我去台北。

　　隔轉工暗時九點外仔，大樹車駛到巷仔口，我叫伊車停跐巷仔口等我，伊問講伊佮我做伙入去敢好？我頭殼探入去車內，細聲，你跐台灣徛起猶是較細二咧，伊問我，你敢知影佗一間？我閣細聲應，我有事先佮鄭先生聯絡伊欲跐門口等我，我共大樹拽一下手行入去巷仔內，路燈殕殕仔光，踏著沉重的跤步，順著殕殕仔光，我看著我的右手爿離四、五間厝的門口親像有人影，我壯膽大伐行倚伊的面頭前，細聲先介紹家己姓巫才問伊敢是鄭先生？伊講伊是南榕的小弟共我拽入去厝內，電火細泡，我共四個信封交予伊，講一個是欲予恁阿嫂閣麻煩伊轉交其他三個人，伊問我敢有欲佮恁阿嫂見面，我搖頭，停一時仔才細聲講，你敢好掣我去共恁阿兄敬拜？伊無出聲示意綴伊行，樓梯有電火，房間無電火，伊捒開門比手叫我家己行入去，暗濛濛，路燈的火光小可仔閃入窗仔門縫，我目睭瞇一時仔才睨開，鄭南榕焚身的形象勻勻仔展現，我面對伊莊嚴的形體敬拜三個大禮，我毋知欲講啥，頭殼是滇滇的敬畏，心肝頭是滿滿的淚光，跤手身軀僵硬毋敢有絲毫的振動，肅立誠分鐘猶是毋知欲講啥，我閣默拜敬禮了才輕步退出門口，鄭先生佇樓跤等我，伊提一本雜誌予我，講是最後一本叫我紮轉去，我接過手看封面是《進步》雜誌，我佮伊握手言別，伊送到門

口，我順殕殕仔光先探頭，觀前顧後，行出巷仔口，大樹載我倒轉去旅社我留伊做伙跍旅社過暝。

我佮大樹攏無睏意我唯房間的冰箱捔二罐麥仔推一罐予伊，解說前暫去高雄時間傷逼無幹來台南揣伊，我叫伊予我敬一杯，伊知影我是講啥物代誌，笑笑無出聲，我閣講我有接著伊的批，廖總的嘛有提起伊揣你幫忙的代誌，大樹先飲一喙，伊有海關的朋友仁德閣跍報關行做代誌道好探聽，我問伊敢是較加半冬啦？伊講較加一冬啦，我有閣佮仁德見二、三遍面做伙飲麥仔，仁德講恁嬤也罵恁阿公散鄉人假大範，一仙五釐攏傾傾去買金燒燒變火麩，恁阿公道詼恁阿嬤，老查仔人雜雜念，我是共錢先寄跍佛祖媽的財庫，阿源仔毋才會有量閣有福！大樹那講那笑，我笑袂出聲，自細漢道看恁愛相觸(tak)，遮呢久攏無轉去，我愈想愈心酸，大樹問我，巫頭的你敢好共我紹介恁的組織？我無隨應，停一時仔，我解說我嘛無清楚，我無看伊的表情是毋是相信我的解說，我交代昨方佮夜暗的代誌伊袂使予任何人知影，伊嘛毋免共廖總的提起，伊扰頭閣扰頭，細聲肯定，巫頭的！我絕對保密，我笑笑，明仔載我叫計程的轉去公司，你家已駛倒轉去台南，你細二保重！巫頭的！你嘛愛小心！

隔工中晝我轉去公司正義招欲佮員工會餐，我提起鄭頭的交代，熱天風颱過後浪枋會逐貨，伊叫我去芝加哥看貨，亞力士有報五、六百噸的鋅枋（鍍鋅枋），我明仔載欲坐飛能機夜暗愛歇睏，正義無堅持，續問我對出口的生理看法？我應講原則上我同意這門生理會做之，毋過美國的付款 DA（Document of Aceptance）90工，咱的資金壓傷久風險傷大，我佮美國仔有約閣踮聖地牙哥見面討論，先予我閣佮恁推矯看覓咧，我嘛想欲調查恁公司的信用，正義笑出聲，你愈來愈精，我等你的報告。

　　佳敏來接機講阿兄佮阿嫂煮腥臊等欲共我洗塵，德智開一罐紅酒，規桌仔頂排滿大嫂的手路菜，閣有親情陪伴我未食先醉，酒過二巡大嫂急不及待叫聲：

—— 阿源你講南霸天鴨霸惡毒，阮親親看著伊鱸鰻喙面的真面目！

—— 我聽著怪怪，恁當時轉去台灣？

—— 無啦，國民黨派大官來美國欲安撫僑民，南霸天來灣區講欲佮鄉親講寡心內話，阮好奇攏去參加。

—— 佳敏插喙，場面外澎湃咧，濟濟相全好奇的鄉親去看鬧熱。

—— 我急不及待，伊是講啥？

—— 大嫂爭做頭前，啥物國民黨是欲佮台灣人共榮，啥物台灣人愛佮國民黨合作。

—— 佳敏閣插喙，恁事先安插的貓玀踮台仔跤拍噗仔喝聲，我看有真濟的鄉親吥喙瀾。

—— 大嫂閣爭做頭前，有一個勇敢的鄉親徛起來發問，問南霸天警察攑拍傷敢是伊安排的計策？南霸天革出來恁祖傳的奸臣仔笑，無彼款代誌！別人謠言中傷。彼個鄉親無落軟，阮有証人証據，平平是台灣人你

嘛摸一下仔良心咧！

── 換佳敏接落去，大家替勇敢的鄉親拍噗仔喝聲，南
　　霸天規個面轉青，喉仔嗤尖尖，剝掉伊的小鬼仔殼，
　　大聲，少年的，你若有本事轉來高雄！即時會場大
　　亂，群眾亂蹤，阿兄趕緊掣阮離開。

── 國民黨飼飼這款鱸鰻！德智插喙，南霸天做過臭狗
　　仔的爪耙仔，即馬變做豬仔的走狗，若向望這款台
　　灣人會覺醒，假若是向望天頂落紅雨！

　　我聽甲頭殼直沖煙，心肝頭親像燒水大滾大粒泡仔綴細
粒泡仔剿發，心想聖經內底耶穌嘛允准以牙還牙，我徛起來講
我欲去外口搧一下仔風透透唱咧，我去揣一個公共話亭撚電話
予王教授，王教授講他會考慮我的建議，適當的時間會佮我聯
絡，我大伐幹閣倒轉去厝內無共恁透漏我的想法。

　　我走一晻芝加哥才去聖地牙哥佮載理佮鍾志（George）見
面，我佮恁推矯二、三工，恁答應先試一冬才閣討論，恁同意
交易的30%由電視銷售公司直接開信用狀予台貿，20%世界家
己開信用狀，偆的50%台貿才接受電視銷售公司D/A 60 Days的
付款條件，我踮報告內底共正義強調50%風險猶是真懸，我會
繼續爭取嘛決定每禮拜有一、二工會落去聖地牙哥參加運作，
正義回批同意我的決定，閣語重心長共我提醒，根源，生理好
嫫愛閣看生產的物件是毋是有當銷！

　　週末我佮佳敏相掣去別莊鬆解發條絞絞的心神，我趕落
去海垱仔跳Tango挖蛤仔，無撞著前遍大霧的奇景，毋過挖咧
四、五十粒大粒蛤仔，蛤仔湯飲甲咀咀叫紏頭毛，佳敏笑報一

個好消息，講伊的同事好友莉莉招阮後月日的長週末做伙去優勝美地（Yosemite）露營，我喝聲叫好，加州滯規十冬毋捌去過，看我興奮佳敏閣講三間小木屋是莉莉一年前道預訂的，有三對翁仔某欲做伙去一定真心適，我叫出聲，讚！飯後我坐踮冊架仔面頭前揣冊，佳敏問我閣加看幾本？我應講二本，這暫旅行拄看煞史坦貝克較早期的小說，一本是《天堂草原》（The Pastures of Heaven，1932），一本叫做《勝負未決》（In Dubious Battle，1936），《勝負未決》我較有印象，故事假若是《憤怒的葡萄》的序曲，工人組工會佮顧主鬥爭，顧主用錢收買部份工人對抗，組工會的工人毋單愛佮有錢有勢的顧主拼命，閣愛佮家己的信心征戰，我踮頭殼內整理麥科（Mac）共倫敦（London）（二個人是組工會的工人首領）講的一段話，少停一時仔，我講麥科有一段話我印象真深，我講予妳聽：咱若發生啥物代誌，報紙是袂登載的，但是對方若有啥物芝麻小事報紙一定喧嘩閣造謠。咱無錢，無武器，咱倚一粒頭殼，倫敦！你敢有聽著？咱親像夯柴棍仔對付夯機關槍，咱唯一的方法道是偷偷仔摸去您的尻倉後，你敢了解？這毋是運動比賽，欲餓死的人敢愛遵守規則？佳敏聽我講煞雙手拍噗仔，我沾沾自喜自我陶醉，佳敏問，我敢會記持佇故事的頭前，史坦貝克有引用米爾頓（Milton）的一段詩？我搖頭講無印象，佳敏講史坦貝克引用失樂園（Paradise Lost）的詩句，其中一句是：假使失去戰場？／全部未損分毫——毋願被征服的意志（What though the field be lost？/ All is not lost ----the unconquerable will），這遍換我共伊拍噗，原來是按呢，冊名才會叫做勝負未決，阮繼續坐踮窗仔前苦等

月光，毋是圓月，月娘見笑見笑偷瞇一絲仔，阮做伙喝聲較早
睏咧明仔載卡麥澳掃街路較有精神。

　　我唯聖地牙哥轉來踏入門瘸想佳敏煮的好食物仔，坐踮椅
頭仔裾鞋仔攏無鼻著芳味，佳敏無聲無說行倚來身邊推(tu)一
張中文報紙叫我看，我感覺怪奇，夯頭，伊的面腔失去溫柔，
受氣的聲嗽，你共讀看覓咧！我影著大標題，林義雄的老母，
查某子遭暗殺，我毋敢相信我的目睭閣加看一遍，佳敏猶是歹
面腔，明明是政治暗殺，白賊造謠，講啥物是因為林義雄的個
人恩怨，天地倒反！我閣頷落去讀二、三段，愈讀愈受氣，佮
佳敏坐咧飲悶酒，飯後，佳敏講伊有物件欲予阿嫂招我敢欲做
伙去？我直覺會有電話，共推講我欲加飲幾杯仔消毒我滿腹的
瘴氣，伊行到門口閣幹頭，你的瘴氣若有較消才家己駛車過
來，我共抏頭，灌一大喙 XO，嚨喉腹肚發燒，閣去揤中文報
紙來看，讀無三段，火頭愈焯愈炎，一杯 XO 倩半杯，大力共
報紙撣(tàn)去壁角，大聲喝，應該是時間啦！電話陳，王教授
問我閣過去一、二禮拜的行程，我講攏會踮聖地牙哥嘛留予伊
旅社的電話，伊吩咐會有一個人去旅社揣我，我應講我有心理
準備。過咧二點鐘佳敏倒轉來看我倒踮碰椅，無歡喜，我推(the)
講酒精傷過有力無解毒煞催眠，伊行倚來坐踮我的身邊，微微
仔笑，酒味有夠重！伊的氣有小消一可仔，我講出我事先準備
好的話，我講聖地牙哥有來電話講產品有出差錯，初次做出口
生理無經驗，我愛落去聖地牙哥一、二禮拜，萬一代誌處理若
拖時間，優勝美地的露營伊才家己佮好友做伙去，伊一聽，喙

角的微笑親像臨時起一陣大風掃甲礁礁，我趕緊陪笑出聲，我是講萬一，我嘛期待足久的，前禮拜，我有夢去咱做伙去岜半爿巖，伊掠我金金相，心疑，你有影按呢夢？我無應，牽伊的手相掣行入去房間仔內。

　　昨暝我先共佳敏交代，這遍停留的時間較久明仔早起我會坐計程的去機場，我睏較晏才起床，趖入去灶跤佳敏猶坐踮飯桌仔邊出神，我搔一大趒，妳猶袂去上班？伊的聲調親像迷失，嘛親像驚惶，昨暝我有作一個惡夢，我恬恬仔等，足久，足久，攏無聽著聲，咖啡泡好坐踮伊的身邊，笑笑，且是惡到啥物程度？伊頭殼頷頷，猶是無出聲，我有聽著伊征戰的心跳聲，閣過一時仔，伊夯頭，面仔轉笑笑，我想欲加看你一時仔，我綴笑，共我的面仔貼倚伊的目睭前，伊攬絚我的頷頸仔大力唚一下，勻勻徛起來，講伊時間延遲傷久啦，接接叮嚀叫我愛撥電話予伊，我大聲喝，一定，一定，伊笑笑行出門口，我閣去倒一杯咖啡，心肝頭煞趒袂煞，佳敏哪會毋講伊做啥物惡夢？伊是夢著我出代誌？哪有可能？我行李款款咧叫計程的坐去機場。

　　電視銷售公司要求阮全數補償顧客的退貨，我核算退貨的成數等於全部的利純，若接受怹的條件，生理變成是白做的，我佮戴理鍾志做伙推矯二、三工，阮做成銷售公司佮世界負擔一半，偆的一半予金永佮台貿承擔的決定，閣分二方面去協商，鍾志紮新方案去佮銷售公司討論，我轉達報告予正義佮陳總的去妥協，暗頓食煞我共戴理推講我欲去洛山機處理代誌，台灣若有答覆我會隨佮怹聯絡，趕轉去旅社我看時間是差十分

九點，僫跍僫椅目瞴瞘瞘平靜心神，過咧誠十分鐘，我聽著
三聲弄門聲，開一縫仔門，門外的人比一個葵笠的手勢，我嘛
比葵笠的手勢，門外的人講伊叫阿水仔，我應講我叫阿土仔，
伊踏倚佮我握手，我請伊入來坐飲咖啡，阿水仔無講客套直接
切入話題，伊三工前道來洛山機，伊的調查，南霸天跍新港灘
（Newport Beach）有用他龜仔（妻舅）的名買一間厝，新港灘是
好額人社區，我恬恬繼續聽，阿水仔閣講伊有親去觀察四周圍
的形勢，厝宅無佮厝邊相黏，咱的工作袂影響著厝邊，毋過咱
的行動變較無隱密，厝後有一個小公園地勢比厝宅較懸，彼踏
應該是上好的觀察點，伊停睏飲咖啡，我閣等伊報告，咱愛先
確認南霸天本人確實滯跍厝內，咱先三工連續二十四小時的監
視，伊講日時仔伊家己負責，叫我偵察暗時仔，三工後咱閣見
面決定時間方法，我扰頭，伊共地點畫圖予我交代暗記了燒
掉，閣吩咐此後的行蹤保持高度的隱密，我扰頭送伊到門口。
三工後相全時間我閣佮阿水仔會面，阮交換監視報告確認南霸
天，他龜仔佮另外一個查甫人滯跍彼間厝，我閣講有一暝我有
看著三個少年查囝仔嘛跍迟過暝，阿水講出伊的計劃，明仔載
伊欲化妝做電力公司的職員入去觀察厝內，暗時佮我組合爆炸
零件，約定第二工的半暝行動，我扰頭，伊閣交代這二工愛同
樣做二十四小時的監視。

　　阿水仔離開了我僫跍床頭細算時間，二工後完成任務隨趕
轉去我猶會赴佮佳敏做伙去露營，想講先拍一個電話共佳敏報
告好消息，佳敏聽著好消息笑哈哈，我嘛綴伊笑哈哈叫伊一定
愛等我，我一時傷過注心佳敏的期待煞無想著猶有其他因素，

非可控制的因素。

　　二工後的半暝，阿水仔佮我做伙組合爆炸器，定時器，我泡二杯咖啡，阿水仔手捧咖啡面仔憂憂，話聲慢慢仔，伊講昨下晡伊入去厝內巡瓦斯管，電力線路，有聽著假若是南霸天恁龜仔的聲，講旅行社通知機票已經位畫好啦，今仔日日時仔伊看厝內閣攏無動靜，我應講昨暝我看恁出去了嘛攏無倒轉來，今暝我離開時厝內的電火嘛無焯，阿水仔夯頭，恁敢會是轉去台灣啦？我應講嘛有可能出去觀光旅行，阿水仔恬恬深思，過一時仔徵求我的意見，假使咱的推測若正確，咱的對象是南霸天，咱無達到目的，我表示意見，咱破壞伊的厝嘛有警告的作用？阿水仔扰頭，阮無閣出聲，深思，過咧誠十分鐘，阿水仔作出結論，咱閣繼續監視二工，有人無人咱攏行動，我扰頭送伊出門口。

　　我坐踮床頭沉思，時間改變，我趕袂赴倒轉去，任務完成了佳敏恁的露營嘛結束啦，我踮房間踅過來踅過去，規十分鐘，鼓起勇氣決定搬電話予佳敏，伊聽著電話傷心甲欲死，真久無應我，我接接共伊鼓舞，我若較早處理好勢我會租車直接去優勝美地，咱猶有做伙一工，伊小可仔轉柔和，我閣安慰，伊若無去煞毋是予妳的好友失望，妳敢欲予恁失望？伊停一時仔，你一定愛趕來喔！一遍接過一遍，我笑應我一定會啦！我強忍稠心酸，毋知這是阮最後的笑聲相應！

　　三工後暗時十一點外，路燈照會著的所在，太平洋的暝霧踮光牆內底趖徙，我佮阿水仔共車攏停踮小公園外的街路邊，閃避殕殕仔的路燈火，宓踮一欉樹仔跤，恬卹卹，只有睏袂去

的蟲叫聲畫破暝霧，阮四蕊目睭借路燈的閃爍，金金注視彼間高級住宅的輪廓，阿水仔細細聲，你有確認你安置的所在？我嘛是細細聲仔，照你的圖示，車庫家事（gas，瓦斯）控制器的下跤，我有閣加囥一粒踮燒水器的邊仔，阿水仔閣問，阿定時咧？我看一下手錶，十一點五十二分，細聲應，猶有八分鐘，阿水仔扰頭無出聲，殕殕仔光，我看伊的喙角孚出來笑意，做伙幾偌工，注心做代誌，無分心注意伊的心情，嘛無去了解伊的思想，偆短短的八分鐘，我的心緒破空，生出對伊的敬意。

　　—— 阿水仔！你咔欲同意炸厝？

　　—— 美麗島事件了後，國民黨一直軟土深掘(kut)，咱假若死人咧攏無反應！

　　—— 我感受伊話聲的強力，嘛感染伊的義憤，我講暗殺林家嬤孫仔是趕盡殺絕！

　　—— 咱祖先五年一大反，三年一小反的叛骨，幾百冬來夆磨甲平平平！

　　—— 您的反叛開始攏事出有因，可惜後來攏演變成個人貪婪私利。

　　—— 咱的族群文化進化成求生是價更高的文化。

　　—— 咱無佮土地共存亡的教示！

　　—— 咱無為公犧牲的傳統！

　　—— 咱有忍氣吞聲的德性！

　　—— 咱有省事事省的家訓！

　　我頷落去看手錶仔，十一點五十九分，我共阿水仔比一枝指頭仔，阮注視徛立暝霧中的厝宅，無瞇目，暝霧厚厚厚，星

光霧霧霧，阮無閣出聲，頭久仔見面時，阿水仔講伊夜暗會去皇地利亞（Ontario）的機場還車，透暝有人會載伊去拉斯維加（賭城），明仔載伊唯拉斯維加轉去東部，我無問伊是東部的啥物所在，嘛毋知伊的本名叫做啥，伊的故鄉是台灣的啥物所在，我應講，明仔載工課做煞我會隨飛轉去灣區，誠十工的友情即時唯我心肝頭塞滇到我的嚨喉管，我的語音不清，細聲，我祝福伊保重！伊嘛細聲叫我保重！阮夯頭，轟隆一聲，爆炸，火光沖懸，我佮阿水仔握手，大伐行去駛車，烏暗中，伊的車影消失。

　　倒轉去到旅社已經是透早一、二點鐘，我入去浴室水道頭燒水開甲大大港，沖（tshiong）洗肌膚的垃圾嘛沖散心頭的緊張，我輕輕鬆鬆倯踮床頭，明仔載公司的代誌發落好道緊趕倒轉去厝裡，頭殼盤旋一輾過一輾是欲按怎共佳敏解說，照實講，佳敏有智慧閣是明理的人，毋過這款工作牽連組織，牽連著真濟人猶是保密較好，且欲製造啥物藉口，生理上發生困難，我已經運用幾偌遍啦，我想來想去規粒頭殼燒烘烘，電話大聲陳，我驚一大越，規粒心肝跳起去到天篷，遮暗啦哪有電話，敢是阿水仔臨時出事？我夯起來聽，我是德智，根源你趕緊來佛列死路（Freshno）的病院，我的心肝猶是搐抶停問伊啥物代誌？佳敏車禍，我無等德智講煞隨問人敢有按怎？德智無應我的問話喝聲叫我緊去，我問伊即馬人佇佗？伊講伊踮病院等我，閣講三、四點鐘前伊攏揣無我的人，我無應伊，去共旅社退房，駛上高速公路時速70哩，佳敏車禍，德智毋講人有受傷無，伊趕去病院一定毋是小可仔受傷，一定是嚴重，佳敏妳愛等我，

時速跳到80哩，時間哪會遮拄好？爆炸，車禍，佳敏作惡夢，我無按怎，我的頭殼有千千萬萬的疑問，無半個答案，心肝頭絞絞滾，頭殼燒烘烘，趕咧四點外鐘，天拄欲光時才趕到病院。

德智掣我入去病房，伊講醫護人員等我認屍，我一聽規粒心肝親像千斤墜唯半空中墜落到溪崁，踏倚病床，護士共白布掀開，佳敏的喙面白死漆，目屎，我死別的目屎燒燒滴落我冰冷的喙䫌，失神，共護士扶頭，護士會意退離病房，我目睭毋敢徙離佳敏，心內千千萬萬的話語想欲講，無半句離開喙口，佳敏的目睭合密密，我等待，我等候，我向望奇蹟，我向望伊閣睞開！佳敏，我輕輕仔共叫，妳毋講出妳作的惡夢，妳的惡夢敢是妳家己，敢是？妳毋講，妳驚我煩惱？我哪會遮呢頇慢，遮呢自私，顧想我家己，無體會妳講欲加看我一時仔的意思，德智共我搭一下肩胛頭，我驚醒起來，伊共白布擢(tioh)起來崁佳敏的頭面，我看趄白布閣佮佳敏的喙面相會，德智輕輕仔共我揉，我毋甘徙跤，那徙那幹頭，綴伊行出病房。

德智駛車，我捧佳敏的骨灰甕，三、四點鐘的車路，德智無講半句話，我嘛無講半句話，車內，車外，攏是佳敏的微笑，佳敏的目神，佳敏的形影，佳敏的話語，佳敏的溫柔，佳敏的智慧，有時微笑接接重影，有時微笑溫柔相疊，話語有時半句有時規句，有時目神智慧並排，我據在哀傷、失落自由流動，德智失去好小妹，我失去好牽手，無相仝稱呼，相仝永遠的失落，德智接受警察車禍的報告，佳敏恁的車相閃反落山崁，三工來，我逐暝眠夢，看著佳敏徛跮山崁，我大聲叫，叫袂出聲，佳敏的身影飛失，我赫精神，我佮德智去病院探視莉莉，我看

伊的目睭瞇瞇仔，目屎唯目尾一滴接一滴，喉仔合唎合唎，我聽無伊的話聲，我毋知佳敏有交代伊啥物話，佳敏拳送到病院昏迷不醒過身，佳敏！妳想欲講啥物？我袂閣聽著妳的話聲，袂閣看著妳的身影，妳講欲閣加看我一時仔，親像是一枝利利的尖刀插入我的心肝，痛，痛，我無想欲呼叫，痛，痛，留存咱最後時刻的做伙！

　　日頭光斜過頭殼後，德智，大嫂挈怹二個囝仔，我挈佳敏的骨灰甕行入去海垺仔的別莊，阮坐踮客廳等待日頭落海，大嫂去泡一鼓烏龍茶想欲沖散稀微的氣氛，毋知是烏龍茶的清涼溫暖心肝頭，抑是窗仔外習習的海風輕鬆鎖絞的心鎖，德智共我講一段伊毋捌提起的身世，怹爸母二二八受害時，伊拄好國小三年佳敏拄好入學，細漢毋捌外濟世事全靠怹大姐的養教，大學畢業怹大姐鼓勵伊留學，二冬後，佳敏也來美國留學，伊轉達阿姐的心言，叫怹二個兄妹仔這世人毋免閣倒轉去台灣，踮美國代先的誠十冬，過年過節怹做伙食飯時佳敏總是目眶紅紅思念阿姐，想欲倒轉去探視阿姐，旦伊這個心願只有夢內相見啦！我綴德智的心話陷入深思，佳敏共我提醒幾偌遍，叫我注心揣時間，伊欲佮我做伙轉去台灣探視親人，我一直拖延，佳敏妳的心願是永遠予我拖去啦！我輕聲叫佳敏的名煞聽著德智佇叫我，日頭貼著海水啦！我夯頭，趕緊捧骨灰甕，德智陪我潦落海水，勻勻仔我共佳敏最後的遺物抔落太平洋，骨灰沉落水底，海水倒流，挈佳敏的魂靈浮遊大海，我細聲叫一聲，佳敏！妳會記持日頭落海彼踏直直行去道到台灣，咱踮台灣相

會！

　　德智、大嫂愛上班，怹二個囝仔嘛愛上課，第二工透早怹倒轉去灣區，我共德智講我欲留踮海垗仔陪伴佳敏，代先的幾偌工我攏是陪伴佳敏的形影，親像逸仙（Ethan，《咱不知足的冬天》的男主角），頹喪失志，逐日想欲潦落去海水，愈潦愈深，痟想海湧崁過頭殼滅頂，這個念頭假若是掉袂走的胡蠅，一遍掉過一遍猶原是閣飛倒轉來歇踮頭殼，頹喪閣較頹喪，失志閣較失志，三、四工後，親像南風轉透北風，自自然然，我毋單看著佳敏的身影嘛日日佮佳敏的話語相會，我沉思，不斷的沉思，我想起來《憤怒的葡萄》的最後一景：羅思沙龍（Rose of Sharon，主角 Tom Joad 的小妹）生產過後無外久囝仔夭折，身體虛弱，閣撞著做大水怹爸母滯的草寮仔予大水衝走，全家透雨走揣棲身的所在，拄好有一間踮地勢較懸的作穡人存放農具的柴房，羅思沙龍佮怹母也宓入去柴房，規身軀澹漉漉，怹母也喝伊緊共澹漉漉的衫仔褲裼裼起來，羅思沙龍是一枝手一直比去較遠的彼爿壁角，怹母也幹頭，有一個細漢囝仔面仔憂憂坐踮親像死屍的一個大人身軀邊，怹母也問彼個細漢囝仔借毯仔，彼個囝仔挐一領破毯仔行倚來，怹母也叫羅思沙龍緊共毯仔包身軀，閣幹頭問彼個囝仔，怹爸也是按怎啦？彼個囝仔面變閣較憂，細聲應，爸也有六工無食物件，前工我出去偷提一條麵包予食，伊吐甲倩無半塊，怹母也聽甲心酸，囝仔伸手拭目屎問怹母也，妳敢有錢予我去買牛奶，爸也會活活餓死啦！怹母也幹頭金金相羅思，羅思嘛金金相怹母也，相入深深的目神，輕輕仔，伊共母也扰頭，怹母也掔彼個囝仔去門口坐，

羅思一伐一伐行倚彼個親像死屍的大人身軀邊，退落破毯仔，
倒倚大人的身軀，一手扶伊的頭殼，看伊礁蔫的喙唇合咧合
咧，羅思共奶頭勻勻仔徙倚伊的喙唇，心內喜出神祕的，滿意
的微笑。佳敏講，讀者反應激烈，真濟人袂了解，《憤怒的葡萄》
再版時史坦貝克並無修改嘛無做任何解說，佳敏強調，奚是一
景上感人的，對理想的憧憬，理想毋單是照顧親人、朋友，理
想是疼惜生份人，理想是疼惜咱徛起的社會，咱出世的土地，
我共佳敏的話語一遍念過一遍，念甲喙酸，頭殼嘛清醒起來，
我終於掉走親像掉袂走的胡蠅念頭，自忖，我愛家己行煞我的
旅程，我會背揹理想的明燈，順著理想的引掣行出新的旅程，
細細聲仔，我共我的決定念予佳敏聽，我會倒轉去修完補修的
學分申請入醫學院。

第三暝（第3本）

　　台灣將近四十冬的戒嚴終於解嚴，我拄好轉去美國，我醫學院畢業了道加入無國界醫生聯盟（Doctors Without Borders），我去過盧安達（Rwanda），斯里蘭卡（Sri Lanka，錫蘭），斯里蘭卡的代誌告一段落我轉來美國等待新任務，德智歡頭喜面共我報這個天大地大的好消息，我內心雀躍想講我無閣有驚惶的推辭啦，我共德智提起我欲轉去台灣探親，德智送我去機場時猶是細聲吩咐，猶是較小心咧！

　　真久無佮正義見面，阮粕豆甲半暝二、三點猶是餘興未盡，伊叫我高雄探親了愛留較濟時間踮台北，我扰頭應好，隔早仔我坐火車轉去高雄，正義叫我坐飛能機較緊閣省時間，毋過我真久無看著台灣想講坐火車較有看頭，火車慢慢駛離台北市，較早鐵枝路二爿的違章建築即馬變成繁華叫喝的市場，駛離台北市了沿路的大都市攏是大枝煙筒細枝煙筒林立，路邊的田園嘛變做富戶的庭院抑是工場的倉庫，落南駛到嘉南平原猶原是一望無際青翠的田園，毋過一區一區的田園中嘛箍圍一簇一簇的紅毛土大樓，駛入高雄時一看路邊的半屏山無閣是半屏嘛毋是山啦，我感嘆一聲台灣確實是變款啦，我愈看愈無成台灣！仁德佮大樹做伙來車頭接我，仁德叫阿叔！幾偌十冬啦，我毋捌聽著拳按呢叫，巫頭的！大樹的叫聲嘛毋是彼暝踮台北

的旅社細細仔聲叫，三個人共齊喙笑目笑，大樹喝聲欲去飲予
醉，我講會使飲袂使醉，我欲轉去見爸仔母袂使失態，仁德細
聲仔共我誅，阿叔！阿公，阿嬤攏過身去啦，我若毋是故意編
爸母在世的故事欺騙家己，道是過份的思親，錯覺，無相信爸
母無在世！嚨喉管隨滇起來，我硬共欲滴落喙頗的目屎忍踮目
尾，見面時的喙笑目笑踮車頂煞變甲死靜死靜，一直到我行入
去餐廳時才勉強共傷心錯覺掩崁起來。

　　仁德載我轉去小林，我刁工叫仁德莫(mài)通知，阿兄踮偝
椅啄龜，我徛踮面頭前共叫，伊赫精神，喙角笑紋紋，阿源仔
是你！咔會攏無通知，仁德！緊叫团仔去嵌仔店掮酒，仁德笑
笑喝講阮有紮酒轉來，阿兄出聲，阿毋去掮來開，無外久規間
廳裡圍甲攏是人，大漢的，細漢的，手牽的閣有揹佇跤脊的，
有叫阿叔！有叫叔公！我無捌甲半個，彼下晝仁德怹某佮怹阿
嫂煮規桌的腥臊，大細漢食甲喝咻，阿兄有加飲一碗閣去偝椅
啄龜，我嘛有五、六分的酒意，仁德陪我去溪邊，溪水比以前
有較濁，岸邊的厝宅一間接一間小林村袂輸是新興的街市，山
頂的樹木依然青翠，毋過精足看山形假若無全形，我驚奇敢會
是因為我的頭殼內攏裝舊影片？

　　過晡仔，我佮阿兄行做頭前，仁德綴後壁掮一個藤籃仔园
一罐米酒三塊酒甌仔，一塊煠(sàh)熟的三層(tsàn)仔肉，閣一
束香佮一束黃菊仔花，阮做伙欲去拜墓，路頂，阿兄問我咔會
無掣牽手做伙來，我聽著問話心酸，慢慢伐咧幾偌步才細聲，
阮牽手的出車禍過身幾偌冬啦，阿兄夯頭，阮干單有聽著你娶
某爾爾，伊看我惦惦無出聲，你人轉來道好，聽講即馬無閣遐

嚴啦？我應講講是按呢講，阿兄閣夯頭，你是講知面不知心？我扰頭閣扰頭續喙問伊咔會無看著二兄？阿兄無出聲顧向前行，過一時仔我聽著走做頭前的仁德喝聲到位啦。

　　阿兄共三塊酒甌仔排踮阿爹的墓前，閣共斟偆的酒矸仔采踮墓牌邊，三層仔肉排踮酒甌仔的後壁，仁德共點焯的香交予阿兄，我夯三枝佮阿兄徛頭前仁德徛後壁，阮做伙敬拜三拜，仁德共所有的香收做伙插踮墓前，喝講伊欲去共人借割草刀仔修剪阿公墓頂發甲旺旺的雜草，我綴阿兄徙過去阿娘的墓前，我共黃菊仔花徛排踮墓牌，夯香佮阿兄做伙共阿娘拜三拜，阿兄講伊欲倒轉去共阿爹敬第二遍酒，我家己徛踮阿娘的墓前，認真欲記憶阿娘的面相，毋過較看道是阿娘皺皺的頭殼額仔，過一時仔才有看著阿娘的喙角浮出來疼惜的心意，我想起伊逐工透早手凍冷水共人洗衫，冷水親像利針刺痛我的心肝，伊暗時仔閣牽倩煮飯，規灶炎炎的火光烘燒我的目屎，滴滴滴落阿娘的墓牌頂，一滴一點心，一聲連一聲苦訴，阿娘！我無放生去！我無放生去！阿叔！仁德行過來共我叫，阿叔我順續共阿嬤的墓仔修剪剪咧，我共伊扰頭嘛出手做伙鬥弻(khau)墓牌邊仔的雜草。過咧點外鐘，阿兄看香焯了叫仁德收酒甌仔，伊恬恬無出聲掣阮踮墓埔仔踅咧五、六斡才踮一塊舊奧舊臭的墓牌仔前停跤，我看墓牌比阿爹阿娘的墓牌閣較舊，頷落去讀已經霧霧霧的墓牌仔名，巫欽興，我阿一聲叫出聲，原來二兄阿過身去啦！我共阿兄金金相，疑問，阿兄半聲無出共阮搝手，阮綴伊行出墓埔仔。

　　食暗頓時阿兄叫我加滯幾工仔，我想講猶袂見著大姐、二

姐佮幾偌個出外趁食的姪仔姪女，扰頭應好，仁德提議敢好借
這個機會家族做伙去旅遊？阿兄插喙，講愛踮翠屏岩過暝伊才
欲去，翠屏岩的廟寺是阿爹信仰的聖地，阿兄的厝裡嘛采一身
唯廟寺請出來的佛祖媽，我趕緊應講無問題，提錢予仁德叫伊
負責聯絡所有的親晟，倩車，佮安排行程。數念，興奮，彼暝
我煞無睏意，偍踮床頭看雜誌，傷過注心無注意著阿兄行倚來
床頭，伊講伊看我的房間電火猶光光，我緊共冊放咧坐起來，
伊坐踮床尾講老歲人無重眠，睏二、三點鐘仔道醒醒起來，我
問伊二、三點鐘敢有夠眠？伊笑笑，日時仔啄龜補眠傷有眠
咧！我一時想無話題，伊嘛恬恬無出聲，看伊的心勢親像伊有
啥物心話想欲講。

　　── 你敢猶會記持？你細漢時有一工聽講阿興仔轉來厝
　　　　裡，你大聲喝伊落來食飯，予阿爹搧二個喙頗叫你
　　　　毋通出聲？
　　── 我假若是國小二、三年的款，我輕輕仔扰頭。
　　── 阿興仔踮高雄出代誌半暝拼轉來厝裡，宓踮咱厝裡
　　　　的半拱仔頂。
　　── 我較大漢時捌聽過二兄的朋友講過這款代誌，毋過
　　　　他攏是親像田嬰(tshân-enn)仔點水咧，皮皮仔，神祕，
　　　　厝裡的人是絕對禁聲。
　　── 轉來厝了後，阿興仔工課無照起工，未出代誌以前伊
　　　　志願去做日本仔兵，去過唐山學會曉講唐山話，轉
　　　　來台灣撞著台灣換朝代羍倩去公所食頭路，出代誌
　　　　了無到一冬伊道羍辭頭路，聽人講是伊對錢目袂清，

阿兄那講頭那搖。

── 這件代誌我宛仔捌聽過。

── 牟辭頭路了伊硬共阿爹討一千箍，講伊欲去高雄做生
理，毋是生理跤肖，一去規冬攏無消息，伊的朋友
轉來偷講，講伊蝕本一千箍偆無半仙綴人去做阿哥，
無外久走頭無路，一箍人閣趄轉來厝裡，哀聲叫苦，
喝伊啥物心臟無力，啥物跤頭趺(u)酸痛，不中用閣
歹沖沖，阿兄大聲操一聲。

── 遮的代誌我頭一遍聽著，二兄閣倒轉來厝裡我已經
出外讀冊。

── 囡仔時，社裡的人攏嘛呵咾伊敢讀冊，公學校卒業
閣讀二冬高等科，伊捌字捌目，厝裡的人攏是青暝
牛，想講伊有讀冊頭殼會較精通，毋過伊講話有時
會橫柴夯入灶，無信神明閣毋拜祖先，做生理失敗
了，我大漢後生看怹二叔踮厝裡做閒人，好意招伊
做伙去高雄學討海，拄好撞著好時機幾偌冬攏有趁，
誰知天不從人願，我大漢的摔落海揣無身屍，無外
久阿興仔的朋友嘛偷報，講阿興仔攏無去討海做阿
哥坐食山空，閣過無幾冬派出所道來通知叫厝裡的
人去高雄認屍，阿兄苦嘆一聲，自出代誌了阿興仔
變成無全人，伊有啥物心事毋捌對人提起，出葬時，
阿娘目屎那流那怨嘆，想講伊捌字捌目，向望伊毋
免親像咱艱苦趁食，祖公仔無靈聖！阿兄講甲傷心
毋過面腔猶是氣怫(phut)怫。

—— 我徛起來講欲去斟二碗白滾水，阿兄猶是坐踮床尾，
　　伊接過碗大喉飲一喙，我徙過去坐踮壁邊的椅頭仔。

—— 仁德講你即馬無做生理是做啥物醫生？

—— 我應講心理醫生，緊解說講精神醫生。

—— 阿兄夯頭共我相。

—— 伊捌的精神病是人起痟，痟人無藥醫，伊崒無我是
　　講啥物碗糕，我轉來台灣進前拄好結束斯里蘭卡的
　　病歷調查，斯里蘭卡內戰不斷，斯里蘭卡人親歷內
　　戰殘殺的創傷，無爸無母，失落親人，怹無依無靠
　　的生存，怹心理鬱卒，精神壓抑，生理嘛有病痛，
　　這款症頭叫做後創傷壓抑異常（Post-Traumatic Stress
　　Disorder，PTSD），1970 年代美國參加越戰的退伍軍人
　　為著欲彰顯怹後創傷壓抑異常的心理，佮怹二次世
　　界大戰的退伍軍人的異常心理無相仝起用這個名詞，
　　即馬這個病症已經是認定的一種心理病症，美國的
　　跨國製藥公司嘛因為生產治療這款症頭的特效藥趁
　　大錢，我頓張，按呢解說阿兄敢聽有？

—— 我看阿兄猶是惦惦，問伊敢會記持我細漢時厝裡的
　　人叫尪姨仔來共我收驚的代誌？

—— 伊輕輕仔扰頭。

—— 大約是五、六歲，我好玄綴囡仔伴去看予做大水淹死
　　的身屍，一身仔一身白死漆排踮路邊，逐身攏膨肚，
　　歹看甲若鬼咧！我驚甲半死緊走轉去厝裡宓，以後
　　逐暝到半暝攏會驚甲哮醒，飯食袂落去，阿爹去求

媽祖婆的香火，媽祖婆閣指示叫尪姨仔來共我收驚，
暗頭仔，尪姨仔提一個貯八分滇的米管仔崁烏布插一
枝點焯的香，跂我的頭殼頂，面頭前，右手丬，倒
手丬，尻倉後拽來拽去，喉仔閣念念有辭，我聽無
伊是念啥物，香焯較加一半時聽著伊大聲喝一聲煞，
共米管仔的烏布掀開，伊看米管內的米凹(nah)一大
凹，笑笑共阿娘講，邪物仔已經予神明收去啦！

—— 阿兄隨共我應，囡仔毋捌想毋才道收驚！

—— 我解說大人無收驚心情愈鬱卒，親像是人摔落大海
　　挃無浮筒(tāng)，跤手閣較大力拽出力划嘛是泅袂倒
　　轉來。

—— 阿兄無予我接落去，伊講咱有神明，咱有祖先，咱
　　哪會無浮筒？

—— 我應講阿若無信神明無拜祖先咧？我閣解說，美國
　　仔共特效藥當作治致著這款症頭的浮筒，

—— 阿兄無等我解說，出聲，咱是咱，美國仔是美國仔，
　　閣講食藥仔是救一時袂凍救終身。

—— 我解說患者食藥仔閣接受心理治療，醫生使用催眠
　　術予患者重複細訴他的創傷，恁會慢慢恢復正常。

—— 阿兄隨反問，誰人欲共家己的見笑代講侴知？

—— 我想來想去一時無較好的示例，接接哈肺。

—— 阿兄徛起來講伊欲去共佛祖媽奉茶，叫我睏一醒仔
　　較有精神。

我毋知睏去外久等甲仁德來叫食晝才醒起來，我坐跂床頭

出聲講連鞭去，頭殼內一直聯想昨暝的眠夢，我去二兄的墓前
佮伊見面，伊講足濟話我袂記了了，毋過伊煞尾的彼句話假若
黏糊仔黏踮我的大腦，伊講阿源仔，你讀遐濟冊行遐濟所在你
應該想有，咱欲倚靠的人嘛是共咱創傷的人！我一時聽無伊的
話的意思，我想著葵蘭阿思沖（Karen Armstrong）彼本親像自
傳的冊，《迴旋樓梯》（The Spiral Staircase），冊尾的三、四句話
我印象真深：我想盡辦法欲行去眾人行的行列，我行入親像闊
闊，正常的樓梯，我佮眾人相偝，我定定摔倒，我閣倒轉去行
家己的迴旋樓梯，我才發現我嘛有家己預想無著的足跡，即馬
我是家己杷我的迴旋樓梯，我一步仔一步杷，我轉彎閣轉彎，
踅箍仔閣踅箍仔，顯然我是杷無外懸，但是我是有佇杷懸，我
向望會杷去有光的所在。葵蘭女士十幾歲自願去做修女，經過
誠十冬的修女修鍊，伊發覺伊的個性袂合，嘛認識修女的修鍊
毋是修鍊天主真傳的教義，伊終於返俗離開修女院，伊求學，
伊寫冊，伊走揣適合伊無信神的生涯。上面的引話是葵蘭女士
引用余利德（T.S. Eliot）的《聖灰日》（Ash-Wednesday）的詩句
註解伊家己的心歷歷程，二兄唯高雄轉來厝裡變成一個完全異
樣的人，高雄是出啥物代誌？大漢了我量約聽人講是阿山兵仔
刣台灣人，我毋知二兄是毋是有佮阿山兵仔相刣，我捌聽伊的
朋友講，伊原底是欲佮他帶隊的人做伙出海逃走，伊無逃走，
伊重新欲走揣伊的生活，高雄彼件代誌予伊的創傷是按怎影響
伊的生活？夢中的話，伊講咱欲倚靠的人嘛是共咱創傷的人！
這敢是伊欲解說伊心理改變的原因？阿兄轉達二兄的故事攏是
伊踮迴旋樓梯拍箍仔，杷袂到有光的所在的故事，高雄的代誌

予伊創傷轉來厝裡夆辭頭路，做生理失敗做阿哥，討海無照起工，伊拍箍仔拍甲憨憨誓，伊彼句話敢道是欲解說伊咔會憨憨誓揣無出路？我嘛綴伊彼句話憨憨誓，我較想道無答案，煞聽著仁德閣喝聲，阿叔大家攏佇等你，我笑笑綴伊行，暗想，仁德敢會想講這個阿叔病病？

食晝時仁德宣佈，伊有聯絡著所有的人嘛倩好旅遊的巴士，明仔早起巴士先入來小林載咱，順路去旗山接阿弟阿妹仔，續落去高雄載大姑佮二姑他二家人，入去觀音山翠屏岩踮翠屏岩隔暝，第二工去北港，順路去新化載阿姐他一家人，北港了續落去布袋才轉來，一暝二工，仁德講煞我聽著有人喝好，有人喝較毋加滯一暝仔？仁德應講阿爸干單欲二工道好，大家才恬去無閣出聲，彼晚大家準備明仔載的旅遊早早道去休息。

大台巴士駛入翠屏岩時已經過晡啦，阿兄佮仁德先入去廟寺揣一個仁一禪師安排夜暗滯佮食的問題才掆大家去離廟寺無外遠的一間崁仔店，阿兄大聲咻同叔仔！同叔仔有歲啦目睭眥眥(tshu)眥，認真相足久才出聲，你敢是豬皮兄的後生？阿兄大聲應是閣笑喝講伊掆細漢小弟做伙來，同叔仔大聲閣問，你是講豬皮兄彼個滯踮國外的後生，我趕緊應一聲，是啦。同叔仔直直共我相笑甲大細聲，恁爸也佇遮共你寄外濟錢咧！我想起來大樹講過的故事，嘛大聲佮伊笑甲東倒西歪，佮同叔仔相辭了，仁德安排有的去迫山有的踮同叔仔的果子園挽果子蹉跎，我綴阿兄閣斡轉去廟寺，阿兄那行那怨嘆，即馬廟寺攏相拼起

甲大大間，豪華澎湃，善男信女來廟寺是求神毋是信神，我毋
知伊是按怎區別求神佮信神，無出聲，阿兄添二千箍的油火香
細聲講伊欲燒香佮神明回一下話咧，我家己徛踮大廟口，記起
來阿爹捌講過信神是一點心，我毋知伊講的一點心敢有包括求
神？心情輕鬆我踏出去廟前的大廣場，細漢時我捌綴阿爹來過
一暫，彼陣客運的車是停踮山跤，起來廟寺愛閣扒山路，愛閣
經過同叔仔的嵌仔店，現斯時這條山路變做平坦坦的廣場起碼
會凍停咧規十台的大台巴士，我幹頭看起去廟寺，廟寺分開前
後殿，南北閣，大大支的廟柱佮佛龕(kham)金光閃爍，殿堂香
煙罩霧，善男信女西裝洋裝，花紅柳綠，親像是出出入入鬧熱
喧嘩的市場，我的記憶，這是修行的居士、和尚、尼姑，抑是
菜姑仔行踏的清靜寺庵，即馬環境全然變樣，神明商業化，廟
寺營業趁錢，莫怪阿兄頭久仔有求神信神的感嘆，我對心靈信
仰的存在嘛有講袂出來的懷疑！

　　大家罕得食一頓素食齊聲喝好食攏閣加添一碗飯，恁日時
仔閣踮外口走來走去，我看大細漢身軀洗了道攏去扭眠床股，
我佮阿兄共禪房，阿兄共我搖醒時房間烏暗烏嗦，我問伊是幾
點啦？阿兄細聲，十一、二點的款，伊講老歲仔人接睏接醒，
我幹去廁所倒轉來時伊招我坐踮床頭，伊猶是細細聲，問我敢
知影全仔（大姐夫）信教？我搖頭，伊講岡市仔（大姐）嫁予
全仔嘛綴全仔信教，伊恐驚來廟寺恁袂合事先有叫仁德先存恁
大姑的意思，岡市仔腹腸較闊講若無叫恁拜道無要緊，我暗暗
仔呵咾阿兄做代誌有分寸，阿兄閣共我問，你敢知影高雄出代
誌時全仔嘛插有份？我接接搖頭，阿兄提懸聲調，我有聽莊裡

的人講，全仔佮阿興仔他一大群人踮高雄的懸學校，佮阿山兵仔相拍相刣，拼生命，有死傷真濟人，我毋知阿興仔是有啥物神明保庇才有活命逃轉來厝裡，罔市仔捌提起，全仔講伊宓踮大溝佮死人睏做伙，事後，人全仔肯拍拼，儉錢，即馬恁三個囝仔攏大學卒業，阿興仔伊家己不中用，怨天怨地，我問阿兄，敢是大姐夫信教伊攑有著浮筒？阿兄扰頭，我共伊講我佇斯里蘭卡時有撞著一個病例，一個八歲囝仔恁爸仔母佇內戰拏殘殺，我問彼個囝仔即馬伊若閣看著恁社裡的人刣人時伊敢會鄙鄙搖？佮我做伙做病歷調查的和蘭女教授替我翻譯，彼個囝仔想一時仔應講，伊有那想著他母也共伊講的話伊道感覺自在自在，我叫和蘭女教授閣共問，恁母也共你講啥物話？彼個囝仔隨應，阮母講我若準拏刣死阮會閣再做伙，和蘭教授替我翻譯了伊家己嘛感嘆，恁母也簡單一句話，無保護囝仔的生命閣無教他子按怎求生，干單講伊若死去恁會閣做伙，遮呢簡單一句話會予彼個囝仔面對互相殘殺的暴力時感覺安然自在，真正不可思議！阿兄對喙隨應，浮筒形形色色，恁母也的話道是彼個囝仔的浮筒，浮筒予囝仔有信心，伊無等我應話徛起來講伊欲去廟寺燒香奉茶，我是頭殼憨憨啙，全仔，信教，無相全的信仰，囝仔，恁母的話，無相全的文化，二兄，咱欲倚靠的人嘛是共咱創傷的人，我較啙道無答案，嘛聯接袂起來，幾偌暝無睏好勢，倒落眠床一睏到天光。

隔工中晝到北港大家喝聲先食晝，無人欲先去拜媽祖，仁德共大家報講北港出名的點心，有油飯、麵線糊、滷腸仔、柴魚湯、鴨肉飯、炒膳魚、羊肉爐，我看大家攏點咧幾偌盤那

推那笑，食甲毋知飽，我叫一碟(phiat)仔炒膳魚，阿兄點一碗鴨肉飯配柴魚湯，食煞我綴阿兄入去廟內拜媽祖，阿兄跪拜媽祖，伊燒香，伊講伊的一點心欲佮媽祖回話，我徛跪喧嘩祈福的合奏聲中，傾聽親像心跳的象杯聲，佮我徛跪莊嚴的大教堂內底有相全的感受，敬仰，神祕。日頭硬過西爿時阮才到布袋，拄好是漁船仔入港的時陣，有的走去港邊看漁船仔，有的去硬喧嘩聲壓過臊腥味的魚市場，我佮阿兄綴人憨憨仔硬，唯漁港硬過每一擔點心擔的喝聲。轉去到小林已經是暗暗，欲睏進前我佮阿兄相辭，講我明仔載欲去台北，阿兄面仔笑笑嘛假若憂憂，猶是輕聲細說，我年歲有啦，真歹講咱閣有外濟見面的機會，小弟仔！你若有閒道較接轉來咧，我歡喜的目屎溼夠目尾，接接扰頭閣大聲應好！好！

　　正義來松山機場接我，我坐起去車頂伊叫我夜暗愛有心理準備，講許廠長已經跪餐廳等啦，我笑問這個時間毋是中晝毋是暗頓是欲食啥？食歡喜的，正義笑出聲，許廠長講伊等你真久啦！我臆許廠長是許榮基，本想欲共正義求證無開喙，想講閣等一時仔道分曉，三十外冬前的記憶，形象已經失去光澤，情緒嘛親像擴散到湖邊的漣漪，我清淡單純的慾望，關心的是三十外冬來的變異，正義停車時我猶是恬恬無出聲，伊笑嘻嘻，你佇想啥？我笑應講你毋是叫我愛有心理準備。
　　──我夯頭是一間日本餐廳，踏入門，一個穿和服的烏肉桑大喙笑哈哈掣阮入去較內底爿的房間，紙門拖開，相照面，我心內喝一聲許榮基無毋著，雖然講有心

　　理準備猶是接接趄，我行倚去佮伊握手，無注意伊
　　身邊的嬌查仔囡仔，笑出聲，予你等傷久！
—— 伊出力握我的手，貴人難見！ 笑聲依然是三十外冬
　　前的響亮。
—— 正義喝聲，坐落來，坐落來，攏是家己的人！
—— 許榮基叫一聲阿英仔！彼個穿和服的烏肉桑行倚伊
　　面頭前，五罐烘燒，許榮基比五枝指頭仔，阿英仔
　　笑笑，隨來。
—— 許榮基的頭毛變白，面皮飽水，經過較加三十冬，
　　伊的目神猶是利甲鑿人的心肝，我駛目尾相伊身邊
　　的查某囡仔，面仔圓圓，酒屈(khuk)仔笑嘻嘻，有人
　　緣，二十出頭爾爾！
—— 許榮基叫阿英仔一人采一罐，伊共我斟一甌，根源
　　兄！我先敬一甌。
—— 我飲礁閣斟二甌，回敬，我講我序你細叫我阿源仔
　　道好。
—— 正義喝聲，免來遐濟客套，做伙乾三甌，嬌查仔囡
　　仔嘛做伙來。
—— 我酒甌仔捧踮手體會正義頭久講的心理準備原來是
　　這款意思！記憶中，許榮基嘛真健談，我顧食沙西
　　米準備欲聽講古。
—— 許榮基叫阿英仔烘第三遍的五罐時才起鼓，阿源仔
　　你醫生做久敢有想欲閣做生理？
—— 我㧎無伊的真意，假意招大家飲酒。

—— 伊酒飲礁閣問，日本即馬憂鬱症的特效藥銷路外好
　　咧，你敢是心理醫生？

—— 我小可仔聽出來話意，猶是假意招大家飲酒。

—— 伊叫阿英仔共湯烌(thǹg)予燒，阿源仔你想憂鬱症的
　　特效藥踮台灣敢有市場？你敢會凍爭取來台灣生產
　　抑是台灣代理推銷？

—— 我有讀過跨國公司踮日本推銷特效藥所使用的生理
　　技倆的報導，我對跨國公司的生理策略並無同感，
　　我講你是行家，你家己對台灣市場有啥物看法？

—— 我的反問扭動伊的心意，伊講日本人本底嘛無認定
　　憂鬱症愛食藥的文化，跨國公司為著推銷特效藥製
　　造日本文化！

—— 我起激動，你認為你會凍仿跨國公司製造台灣憂鬱
　　症的文化？

—— 伊嘛激動，跨國公司利用日本人有自殺的習性創造日
　　本人患憂鬱症食藥的文化，咱台灣人有白色恐怖的
　　習性敢毋是？二二八了後，國民黨清鄉，掃除匪諜，
　　CC派佮蔣經國派爭權，阿山仔，台灣人剿掠，根源！
　　你差我無外濟歲，你敢毋捌聽過半暝仔紅車來掠人？

—— 我共扰頭，我讀過禁報，讀過禁冊，我哪會無了解白
　　色恐怖比二二八的殘殺閣較恐怖，台灣人有二二八
　　的創傷，閣有白色恐怖的創傷，白色恐怖的創傷年
　　久月深深入人心，影響心靈的思考，生活習慣，我
　　想起李仁傑便若聽著我佮明雄談論政治，伊道流沁

汗幹頭幹耳，趕緊關門窗，我想欲親聽許榮基的親
身經歷，笑笑，敢好講寡分小弟分享？
—— 正義看阮二個人的話聲攏會振動門窗，緊招飲酒，
閣喝聲叫彼個嬌查仔囡仔唱歌，開始卡拉OK。
—— 許榮基老練世故，擋惦話題，惦惦飲酒聽嬌查仔囡
仔唱「思慕的人」，唱煞伊大聲拍噗仔閣招嬌查仔囡
仔合唱「雪中紅」。
—— 正義陪我飲酒，我那飲那予恁二個人美妙的歌聲搧
動感情，無閣追問許榮基的經歷，毋過感覺失望，
許榮基無提起三十外冬前板橋恁兜的代誌，家己一
甌續過一甌，聽著正義喝聲，阿源！阿源仔輪著你
唱「補破網」啦！

過半暝我赫精神，嚨喉礁燥痛，爬起來灌三杯白滾水，
坐踮爾椅，先是嚨喉溼溼續了腹肚才涼涼，我想袂起來是按怎
轉來旅社，嘛記袂起來我恰許榮基講過啥物話，伊講咱台灣人
有白色恐怖的習性猶藏佇頭殼底，我毋知許榮基是毋是有參
與二二八的鬥爭，但是我知影伊有親歷白色恐怖的創傷，正義
捌偷報，許榮基有予調查局約談，踮調查局的地下室睏二、三
禮拜，製藥廠嘛予調查局搜查幾偌遍，許榮基的大膽早道勻水
變無膽，正義講伊透過舊同事暗中替伊疏通，許榮基了錢消
災，我好奇的是伊有做啥物引起調查局的約談，正義講伊無足
清楚，雲蘭共恁阿叔提禁冊的舊記憶我猶清新，調查局敢干單
欲愛伊的錢爾爾？伊了錢消災了，是按怎歸心一道，趁錢，錢
滾龍，伊的心靈是按怎轉變？親像聖杯迷思（The Myth of Holy

Grail），十字軍東征的騎士不再去征戰耶路撒冷的聖地，佇騎入森林的暗地，佇走揣的不再是土地上的實體事物，佇是走揣象徵上帝顯靈的聖杯（Holy Grail），森林暗地是象徵騎士的心靈領域，許榮基心靈的聖杯敢是變成金錢？敢講白色恐怖予伊的創傷，伊道愛日日繼續趁錢伊才會凍肯定伊的生存，証實伊的信心？錢愈濟伊愈有信心？阿李仁傑咧？伊的聖杯是有樣看樣，伊愛佮人相全才是証實伊的信心？伊寧願送囝仔去美國違法居留，因為伊看大家攏是按呢做？伊閃避做選擇的痛苦？我異想天開，我若叫他二個人對面對舌，許榮基一定會痛罵李仁傑是無勇氣的軟跤蟹！李仁傑嘛袂示弱，伊一定是歹面訣霜，許榮基你是貪得無厭的錢滾龍！我閣去飲一杯白滾水才倒落眠床，毋知睏去外久，我閣去墓前佮二兄見面，我共講，我了解共咱創傷的人的形象，親像佮恁相刣的阿山兵仔，但是咱欲倚靠的人，我卡想道無輪廓，無圖案，你講的人毋是指實體的人，你敢是講咱的思想，咱心靈的活動？我拜託二兄解說莫（mài）予我浪費時間精神，伊堅持毋解說，叫我愛家己去走揣，慢慢想慢慢體會，我閣苦苦哀求，伊轉受氣無愛插我宓入去墓內，我拍袂開墓牌。

彼下晡正義來載我詼講我有夠好睏，我問伊我是按怎轉來旅社，伊笑笑無出聲，我問伊昨暝我敢有失態？伊應講你有講寡罕得聽著的祕聞！我問伊我是講啥？伊徙話題講夜暗大樹會來鬥陣，我講大樹刁工唯台南趕來，伊應講毋是啦，伊即馬滯踮新竹，伊負責生產電子部品工場的運作，我的關懷猶是數念

三十外冬來的變異，我問伊許榮基偌遐濟錢攏佇做啥？正義一聽大喙笑哈哈，許廠長講錢若嬌查仔囡仔咧！錢愈濟查仔囡仔愈少年愈嬌，我綴正義大喙笑哈哈，原來昨暝許榮基道是佇展伊的錢！哈哈笑煞，我想欲提問板橋的往事煞聽著正義喝聲到位啦，我一看是淡水的一間海產店，正義先點二個人份的沙西米佮一手台灣麥仔，阮二個人慢慢仔溼等大樹到位。大樹人袂到聲先到，大聲喝巫頭的！今暝咱愛飲予醉，我大聲應，昨暝已經醉一暝啦！恁佮誰人飲？許榮基。你佮彼個食菜食甲肚臍圍界的老和尚拼酒你一定輸。正義插喙，無差輸贏。若按呢夜暗我佮巫頭的拼看覓咧！伊斡去點菜閣捾二手麥仔轉來，三個人采罐對飲，我看正義親像想起來啥物代誌，根源，許廠長捌提起三十外冬前你捌去過他兜，我搔一趖，敢會是昨暝我酒醉失言？緊問伊是當時提起的？真久以前啦，伊一直叫我共你証實，講是你佮他姪女仔做伙去的，毋是我酒醉失言，我放心，嘛相信許榮基會記持阮見面的代誌，三十外冬啦，我的記憶親像溪水流入大海，我關懷的是雲蘭，許榮基是唯一聯接我這個關懷的橋枋，我毋是欲重現三十外冬前的記憶，我是想欲聆聽雲蘭這三十外冬的片段鱗爪，我輕輕仔共正義扰頭，正義閣講許廠長他姪女仔嫁予他藥廠的一個藥劑師，有生一個後生大學已經卒業啦，我注心聽正義轉播恬恬無出聲，大樹煞招飲酒徙走話題，伊問我探親的心情，我約略回應，心內期待正義閣連播雲蘭的日子，大樹占稠話題，過咧誠十分鐘我只好家己問，許廠長他姪女仔敢宛仔滯板橋？正義問講你是講蔡藥師？他滯板橋但是許廠長他姪女仔親像誠十冬前二胎難產過身去，我期

待的心肝綴伊的話聲墜落萬丈深坑，哀嘆，敢是按呢許榮基昨暝才無提起過去的代誌！？迷失深坑底，我喉齒筋咬絞絞，情不甘意不願，再度閣收葬三十外冬前的記憶，聽著正義閣講蔡藥劑師恁後生號一個真特別的名，親像叫做蔡思源，我共大樹喝聲今暝欲閣予醉，大樹笑哈哈，正義嘛笑哈哈。

　　大樹面仔紅絳絳講話咬舌咬舌，正義叫伊夜暝莫轉去新竹，我看大樹無出聲招伊佮我去滯旅社，大樹隨應好，我徛踮房間的窗仔口，大聲問大樹，外口敢是地動，路燈咔會綴車燈躼輾浪？我雙手搓面，規面烘烘烘，聽著大樹喝聲，巫頭的閣飲！我幹頭，桌仔頂已經采二罐冰麥仔一包土豆，我心頭無名的迷失無湠散，佮大樹乾杯，大樹咬舌閣無惦惦聽我厚話，伊叫一聲巫頭的，海外志士大家頭殼一流咔會攏無想著台灣人的頭殼浸踮政治醬缸已經年深月久啦？我無出聲，頭殼歪歪目睭斜斜，大樹閣喝聲，當然有足濟人真心為台灣人拼生命，但是有名望有地位的士紳恁的名利頭殼，權力頭殼攏是一粒二粒大！大樹蹁去冰箱閣捾一罐，我招大樹乾杯，喝聲，海外嘛是有名利權力一粒二粒大的志士！大樹笑甲吱吱叫，我毋知伊是失望抑是佮我同感，酒精強扭我的迷失做伴，我影著雲蘭的身影神速閃過面頭前，趕緊伸手去共牽，大樹猶是笑吱吱，台灣人醬缸浸傷久看無家己的喙面，海外志士無浸醬缸哪會相仝霧煞煞！我綴伊笑哈哈，大樹仔咱飲予礁，權力慾望是無分海內外的！我閣伸手去牽雲蘭的身影，雲蘭的身影飛去窗仔口，我大聲叫，大樹問我看著啥？我喝講有人影，我摔落去佝椅，雲蘭的身影飛出窗仔外，我無閣聽著大樹的吱吱叫，房間靜靜

靜，靜靜，靜，青 爭

正義來房間共阮二個人挖起來，講伊撤規十通的電話攏是無人接，我大喙開哈哈金金相大樹，大樹嘛大喙開哈哈接接搖頭，阮綴正義落去旅社餐廳食麋，正義講許廠長招夜暗欲閣飲，我講我暗頭仔道欲飛去香港，明仔載轉機去印尼雅加達再轉去東天母（East Timor，東帝汶），正義喝聲伊欲閣佮你商討做醫生生理呢！我笑出聲，正義！我看著的錢毋是少年查仔囡仔！正義會意笑甲大細聲，過晡仔，伊佮大樹送我去桃園機場，我出力握手行欲開跤，恁接接喝聲後會有期。

我佮Sam是踮菲洲盧安達熟似的，盧安達的二個部落民族互相殘殺，誅殺九族寸根不留，我佮Sam同是無國界醫生聯盟的成員，逐日唯透早到暗親像生活滯煉獄咧！浸踮活人，屍體，血滴，哀哭的叫喊中，暗時仔倒踮醫生宿舍，Sam疲弱的聲音共我問，你想活的人敢有比死去的人較幸福？我應講咱是醫生咱的責任是共人救活，伊感嘆連連，踮東天母阮予印尼人殘殺，阮共受傷的人救活是製造印尼人明仔載有人通閣刣的機會，我應講我的出生地台灣嘛有這款悲劇，阮六個月的做伙予阮的感情真接近，了後伊倒轉去東天母參加恁東天母的獨立運動，我蹛去斯里蘭卡做病歷調查，東天母公民投票獨立，獨立戰爭中死傷無數嘛有後創傷壓抑異常的病例，Sam寫批叫我去東天母看覓咧，我猶未接著新的任務道回批同意我欲去行一暇。

飛能機飛近東天母首都帝里（Dili）時是飛入日頭光，我想起來Sam解說Timor的意思是日頭出來的所在，嘛記起來踮

盧安達伊接接溜(liù)的二個故事，故事是恁阿嬤講予恁聽的，恁阿嬤講東天母的島嶼是鱷魚的身體化成的，鱷魚原底是共人拆食落腹，但是伊改變心意決定欲渡人過河，年久月深的拖磨伊的身體變甲真疲弱，人類為著報答伊共伊照顧到伊善終，鱷魚死前遺言，伊欲共伊的身體化做天母島，叫人愛永遠和好做伙生活，恁阿嬤便若古講了攏會交代，咱天母人是繼承鱷魚的遺志，逐遍聽Sam講煞我攏會共伊反問，Sam你接接親歷人類的互相殘殺，你敢有失去永遠和好的信心？Sam毋捌正面共我回答過，攏是閣講恁阿嬤講過的另外一個故事，恁阿嬤講恁目眉族（Mambai）的祖先信仰宇宙是二個形體組成的，一個叫做恬喙，一個叫做講喙，宇宙開始時所有人、物攏會曉講話，草仔痛罵人共恁坉(thūn)踏，樹木哀叫恁予人斬剉，土地嘛抱怨恁予人耕作受傷，不時吵吵鬧鬧，天公聽甲受氣共萬物化成恬喙，干單留伊上少年的子兒，人，是講喙，但是伊予人一個義務，人愛替予伊化成恬喙的草木石頭兄弟講話，每一遍聽Sam講煞我攏有無相仝的體會，我毋敢肯定我的體會是Sam的真正答案，凡勢Sam家己嘛無答案，這遍親臨其境我暗暗仔期待出現奇蹟。

　　Sam掣我去一棟長瓏(lòng)瓏漆白漆的病房，共我紹介一個叫Antonio的主治醫師佮一個會曉講英語的護士Lili，Antonio解說恁有二十張病床，專收異常的患者，伊簡單交代一寡仔病院的慣例了道共準備好十個患者的病歷資料交予我叫我先讀看覓咧，Sam掣我去踅一輾病院才幹倒轉去伊的宿舍，講伊欲去當班叫我先休息夜暗做伙食暗頓。暗頓時伊提起恁東天母的歷

史，唯十七世紀，阮予葡萄牙人殖民，將近四百冬，葡萄牙殖
民政府的政策道是搜刮您的經濟利益佮傳播您的基督信仰，葡
萄牙殖民政府無經營阮東天母，到這馬，阮東天母人的經濟生
活落伍恁台灣人幾倍十冬，1975 年，葡萄牙政府放棄殖民東
天母，印尼人武力占領阮東天母，您的殖民政策是壓榨殘殺，
阮變做印尼人的奴隸，阮毋單無翻身，閣再度陷入比葡萄牙人
的殖民時代更加烏暗更加無自由的生活，葡萄牙人殖民時，阮
東天母人猶有崇拜祖先的信仰，經過幾倍百冬，葡萄牙人刻意
的傳道，阮有真濟人變做基督教徒，但是猶有真濟人無放棄崇
拜祖先，您相信祖先的魂靈存在踮樹木，動物，山頂，森林內
底，您相信思念祖先的魂靈會予您閃避危險，印尼人來殖民統
治時，阮對抗印尼人殘殺的武器是基督文化，崇拜祖先，因為
阮有基督信仰的文化佮崇拜祖先，阮佮印尼人分甲明明明，阮
有無相全的生活，阮堅持家己統治家己，公民投票時才會有八
成以上的人自願投獨立的票，Sam 親切的解說，我是驚奇台灣
人被殖民的悲劇咔會佮東天母人的被殖民歷史遮類似，毋過我
深深體認台灣人閣較悲，閣較苦，因為台灣人予漢族殖民嘛予
漢族同化，我問 Sam，伊親歷印尼人的殘殺，伊敢有失去和好
生活的信心？這遍伊無講您阿嬤的故事，語重心長，伊講阮家
己若無先徛予在，和好生活永遠是眠夢！

　　Antonio 予我的十個病例，我對其中一個叫做 Maliana 的患
者產生好奇，Maliana 十六歲，爸母佇獨立戰爭中予印尼人殘
殺，毋知伊是毋是猶有親晟生存，住院將近六個月，頭一個月
真合作，有問有答，接受治療，二個月後伊突然變做有問無

答，Antonio 醫師有紀錄二項代誌，一項是 Maliana 堅持伊無病但是毋講理由，另外一項是 Maliana 假若薰筒 (tâng) 咧！噏薰一枝接一枝，問伊咔會欲按呢？伊道大聲應講伊若無食薰伊會數念他老爸！頭一禮拜，我拜託 Lili 陪我去看 Maliana，每一工阮去看伊不管阮講外濟好話，陪外濟笑面，伊道是無應話毋插阮，薰一枝嚗過一枝，我想無較親善會凍解除這款仇視的方法，我一日送伊一包薰，伊嘛是干單夯頭共我相毋開喙，第二禮拜有一工 Lili 無閒，Antonio 醫師陪我去，Antonio 聲調溫和，Maliana 你毋講話，你毋食藥仔，阮無法度共你治療，阮袂凍予你出院，我看 Maliana 據在 Antonio 講，猶是一枝接一枝毋應話，阮倚一時仔，Antonio 幹頭欲離開，我推一包薰予 Maliana，無張池，Maliana 叫一聲醫生，我佮 Antonio 同時攏幹頭停跤。

　── 我無依無活，無飯通食，人共我報講病院有飯通食，我是假病。

　── 你逐日喝胸崁痛，Antonio 無相信伊的話，質問。

　── 我真正是假病，醫生你予我出院。

　── 我哪會知你即馬的話毋是假的？

　── 我即馬毋驚無飯通食啦，Maliana 苦聲哀求，醫生你予我出院。

　── 我好奇拜託 Antonio 閣共問，為啥物即馬伊咔會變毋驚？

　── 我老爸叫我袂使閣滯病院，我逐暝道夢見我老爸，醫生！阮爸也叫我愛勇敢！

——　Antonio 假若袂凍說服家己去相信 Maliana 的話，斡頭
　　行開。

——　我綴 Antonio 行開時閣斡頭，笑笑共 Maliana 抌一下頭。
彼夜晚，我佮 Sam 做伙飲咖啡，我共伊提起 Maliana 的病
例，Sam 聽煞沉思無出聲。

——　Sam，我笑笑，你敢有趣味聽阮台灣平埔族的故事？

——　Sam 嘛笑笑，以前攏是我講你聽，這遍換我洗耳恭聽。

——　三百外冬前，漢民族的王國殖民統治台灣，漢族大
　　量移民台灣，恁強占原底住民，平埔族，的土地，
　　平埔族民失去土地失去生活的依靠，為著求生存恁
　　只有漢化，恁的祖先信仰祀壺，恁敬拜的是女神，
　　但是為著顧三頓，恁共敬拜的祖先號一個漢名，太
　　上老君，恁心目中真清楚，雖然喙口是念太上老君，
　　恁是敬拜恁的阿立祖，恁的太祖，恁的老祖。

——　Sam 沉思一時仔，你相信 Maliana 講的話？

——　我抌頭，Maliana 恁爸的話予伊生出信心。恁東天母
　　人雖然予葡萄人，印尼人殖民統治，恁無予葡葡牙
　　人抑是印尼人同化，Maliana 的信心生出勇氣，伊坦
　　白伊是詐稱患有 PTSD，伊老爸的話予伊毋驚閣面對
　　腹肚夭，台灣平埔族的祖先同化漢族，恁無真傳恁
　　心靈的信仰，經過三百外冬，恁的子孫漢化深入骨
　　髓，恁喙口念念，佮心目中敬拜的太上老君，相全
　　是漢族的太上老君。

——　Sam 看我停睏飲咖啡，笑笑，講伊明仔載會去揣

Antonio 會談。

—— 我嘛笑笑，講我欲加滯二禮拜仔，閣觀察幾個患者。

咖啡飲傷濟傷過興奮，倒踮眠床頂金金相蠓罩，我想起細漢時捌看著廟寺的神明生鬧熱抑是做醮(tsiò)攏會先去請水（乞水），神明的大轎親臨溪邊抑是海邊，鑼鼓聲大響，人聲喊喝，聲頭震動天地，神明的大轎犁落水墘仔拍垗請水，阿兄的解說，彼是咱祀壺信仰的儀式，咱的信仰唯外邊引入中心，大海是咱靈力的泉源，咱面臨大海緬懷祖先，彼遍家族做伙去旅遊時，踮北港媽祖廟前，仁德真堅持，伊講北港媽祖是湄洲來的媽祖，伊毋知祖先的信仰失傳，嘛體會袂著，台灣的媽祖已經是成神變做天后啦，毋是清朝皇帝敕封的天妃，我那聯想那感嘆，祖先漢化，祖先的信仰失傳，咖啡的興奮淡淡飛散去，我感覺挫傷，頭殼空白，目睭瞌(kheh)瞌，失神，一時仔，親像影著有一個人坐踮床頭，我無睇開目睭，喝聲，Sam敢是你？我連叫二聲，床頭的人影攏無應，過一時仔。

—— 阿源仔！你用心求真，咱人生短短的旅程，你講咱是欲追求啥物？

—— 一聽話聲，我歡喜二兄來揣我話仙，隨應講攏嘛是求一個日子較好過？

—— 但是人生旅程坎坎坷坷，苦難的時間較濟，歡喜的時間較少，若無心安道無好日子，心安，予咱靜靜反省昨方的代誌，心安，支持咱明仔載閣向前行。

—— 心安？咱欲去佗位求著心安？

—— 咱出世時，咱的大小腦親像是一張白紙咧！一日過
一日，咱有目睭佇看，咱有頭殼佇想，咱有跤手佇
做，咱看的，咱想的，咱做的，咱一暝一暝寫落去
咱的白紙，但是咱的祖先漢化，咱祖先的信仰失傳，
咱寫落去咱的白紙攏是漢族的文化，咱讀他五千冬
的歷史，咱背念他的山河地理，咱食他的好食物，
咱信他的神明，咱學他的生活習慣，咱一暝一暝的
白紙烏字攏是漢族文化，咱慶幸，咱安心，咱有求
著咱的心安啦！

—— 你是講咱求著的心安毋是真正的心安？

—— 阿源！我毋是講咱求著心安是真的，抑是假的，咱
日子過一下濟，白紙的烏字嘛愈寫愈濟，年久月深
的累積，咱求的心安嘛綴咧愈成熟，不幸的是，咱
唯咱的白紙烏字，咱的思想，咱的心靈祈求咱的心
安，咱的鏡面照出來的是佮共咱創傷的人相仝的喙
面，我拍箍仔閣拍箍仔，我較看道是相仝的鏡面，
我轉彎閣轉彎揣無出路，我失望，我迷失，我墜落，
我求袂著心安，我失去向前行的勇氣。

—— 但是，我捌一個朋友，伊踮金錢求著心安，伊的日
子嘛過甲真僥俳！

—— 阿源！金錢是身外物，咱是欲求心靈的心安，你的
朋友一定毋敢正視家己的鏡面，心神壓抑，信心是
變形的，異常的。

—— 我想許榮基若看家己的鏡面，鏡面頂一定浮調查局

員猙獰的喙面！但是我猶有一個朋友，伊的心安是
有樣看樣，伊的日子嘛過甲好勢好勢！

—— 阿源喔！奚相仝是毋敢正視家己的鏡面，信心壓抑
宛仔是異常的。

—— 你敢猶會記持大姐夫全仔？伊佮罔市仔有一個好家
庭，怹的日子過甲順序順序。

—— 全仔改信基督，伊填寫無相仝的文化，伊的信仰予
伊求著心安，伊有信心，伊有勇氣，你看阿兄，伊
的一點心揣著敬拜祖先，神明，伊嘛求著伊的心安。

—— 阿若無信神明無拜祖先，無信教咧？閣毋敢正視家
己的鏡面，怹欲唯佗位去求著心安？

—— 阿源仔！我干單了解咱欲倚靠的人嘛是共咱創傷的
人！

—— 我毋知欲閣問啥，恬恬無出聲。

—— 阿源仔！毋免失志，你用心求真，你繼續用心求善，
求美。

二兄最後這句話，我聽了閣興奮起來，目睭睖金，坐起來，
看無床頭的人影，明明，我是佮二兄對話，我無睏去，我毋是
作夢，敢是我的幻覺？我家己對話？我猶是無睏意，想講規氣
跍起來寫批予德智。

德智兄：

　台灣探親了我接受東天母的朋友邀請來東天母做病歷

觀察已經有二、三禮拜啦，東天母的經濟落伍，閣遭受戰
爭的蹂躪 (jiû-līn)，百姓生活艱難，教育嘛無普及，若佮這
三、四十冬經濟起飛的台灣相比，台灣真正是人間天上，
台灣人食好穿好，但是若佮衣衫襤褸 (lám-lu)，瘦枝落葉的
東天母人徛做伙，散發光牆的希望煞是瘦枝落葉的東天
母人，悠驕傲的光環終於燒開夆殖民的枷鎖，悠毋知當時
才會凍親像台灣人食好穿好，但是 Timor 是日頭出來的所
在，東天母人的命運嘛親像日頭欲出來！我有深刻的感
慨，一百冬來台灣人的心靈猶是踮「迴旋樓梯」憨憨趖，親
像 T.S. 余利德《聖灰日》的詩句：

　　第二層頭一個轉彎
　　我幹頭看落下跤
　　相全形體踮手岸頂歪歪斜斜
　　水汽惡臭罩霧
　　苦鬥樓枋惡魔伊妝扮
　　希望佮失望的欺騙面貌

　　III
　　At the first turning of the second stair
　　I turned and saw below
　　The same shape twisted on the banister
　　Under the vapour in the fetid air
　　Struggling with the devil of the stairs who wears

The deceitful face of hope and of despair

　　我拍算加滯二禮拜仔才欲轉去美國，我有報名欲參加
CDC 疾病管制局流行病學調查訓練，我欲轉去美國接受二
冬的訓練，拜問大嫂，恭祝身體勇健！

　　　　　　　　　　　　　　　　　　　　弟根源敬上

　　一禮拜後我接著德智的電報，叫我趕轉去台灣佮愆匯合參
加百萬人手牽手護台灣的盛舉，我看日曆，時間毋是蓋寬裕，
提早結束行程佮Sam相辭，依依不捨。

　　大樹來桃園機場接我，伊講廖總的佮一對唯美國轉來的
翁仔某先去苗栗，伊欲直接載我去苗栗，夜暗鄭頭的愆翁仔某
嘛會來匯合，我歡喜聽著德智佮大嫂做伙轉來，興奮會佮濟濟
好友見面，好玄問大樹，伊哪會捌鄭天成？大樹笑出聲，鄭頭
的是我的師父，伊教我飲酒的魄步，飲酒愛膽量毋是酒量，我
笑問，你佮鄭頭的敢會比評之？伊笑甲東倒西歪，鄭頭的有歲
啦，我當少年，巫頭的！你想誰人會贏？因為轉機傷悿我無閣
應話啄龜睏去，醒起來時，看路標已經到新竹啦，大樹歡喜我
醒起來有人通佮伊講話，問我敢有欲聽鄭頭的祕聞？我扰頭，
大樹目睭看路頭殼無幹，問我巫頭的你敢猶記持臭頭仔愆子
揩(khà)台灣人企業家的油？提起古早的代誌我心頭的憤慨猶
有餘溫，應講你是講早會飲茶的代誌？正港的，大樹喝聲，一
杯五百萬，彼當時鄭頭的踮高雄的鐵工場規模是大甲若唐仔榮

咧，因為有人密告伊無歡喜抱怨，伊的工場拿沒收，人嘛予調查局挈去，廖總的拄好是調查小組的成員，同情鄭頭的遭遇，暗中踮鄭頭的口供做跤手予鄭頭的閃過死刑，廖總的嘛識時務早早離開調查局，我聽甲入神問大樹，伊是唯佗聽來？大樹笑哈哈，鄭頭的酒後吐真言，伊共車駛入休息站加油，我去小解伸勻跤手，阮繼續駛落南，大樹叫一聲巫頭的，我愛共你會一下失禮咧，我笑問伊是做錯啥物代誌？伊問我你敢會記持踮旅社伊答應守祕密的代誌？我扰頭，大樹講伊有共廖總的提起伊載我去高雄、台北的代誌，我問伊廖總的按怎回應？伊講廖總的笑笑，講伊是虎鼻獅早道有鼻著！閣講伊了解你的喟口，根源毋是愛澎(phòng)相的人，我暗暗仔感激正義的捧場，巫頭的你敢捌聽過？《美麗島》雜誌風行台灣島時廖總的出錢贊助，伊交一本支票簿予雜誌社的主事者叫主事者家己開票，我扰頭閣出喙呵咾正義慷慨的心懷，心內嘛由衷的感激正義做代誌有分寸，踮彼陣的時代，阮只有心照不宣。

　　到旅社，我頭一遍佮德智大嫂做伙徛踮台灣的土地頂懸，感動甲目屎溼出目尾，興奮甲講袂出半句話，共德智的雙手牽絃絃，德智叫出聲，咱終於踮台灣見面啦！正義偲翁仔某徛倚來握手，無言勝有話，正義接接輕拍我的肩胛頭，我共隱藏心肝底的話大聲喝出聲，天公伯仔疼憨人！咱的祖先有靈聖！鄭頭的偲翁仔某來匯合了，伊地頭較熟招待阮去一間日本餐廳，料理好食無人呵咾，大家談話攏是陪會明仔載的代誌，鄭頭的大聲預祝明仔載好日子，正義希望天公替台灣人流目屎，大樹聲調煞憂憂講伊有聽著風聲，講有自稱中國人的人出錢包掉大

台的巴士欲阻礙交通，鄭頭的手捧Sake笑聲響亮，細漢的較有信心咧！

　　隔日早起時十點外仔，阮一群人做伙掔去司令台頭前的廣場，廣場已經是人山人海，司令台頂懸有人演講，台仔跤的人群喝聲拍噗仔，大嫂喙仔那笑那拭目屎，我嘛伸手揬目尾，大樹徛倚我的身邊大聲喝，巫頭的！規粒島嶼攏佇搬鬧熱，和平島舉行晨曦祈福會，三重埔重新橋下人眾排成二二八字樣，南寮港的群眾跳萬人風之舞，一聽，我的興奮，激動，綴大樹的喝聲假若是咧跲仙公廟一、二百層的階梯！一步懸一層，聽著正義共德智喝聲，電台當佇放送，講豐原人手縛無全彩色的紙鶴手牽手，善化的牛車陣手牽手，屏東昌隆的人群手牽手，排成彩虹和平之路，全時，大樹佮鄭頭的共齊大聲喝，超過百萬啦！電台放送，人數超過一百萬啦！我的興奮，我的激動，愈跲愈懸，毋免出力，二點二十八分，司令台頂的放送機喝聲壓蓋所有歡喜的叫聲，台灣！台灣萬歲！李登輝嘛佮廣場的人群做伙排成台灣島嶼的圖形，我佮大樹佮德智大嫂做伙揳入去佮人手牽手，出盡奶母力佮人齊聲，YES！TAIWAN！YES！TAIWAN！我的興奮，我的激動，綴眾人的激動親像飽滇的汽球飛起去到天頂，驚動天地，盤旋寸寸的空間，響亮未來的時間，鄭頭的看人潮小可仔退潮，招大家閣去餐廳二次慶祝，我坐大樹的車綴鄭頭的車沿苗栗台十三路段駛，彎彎翹翹的山路猶有數萬人眾手牽手，我佮大樹共車窗絞落來佮恁有聲喝甲無聲。踮餐廳，鄭頭的徛懸懸，喝聲，袂飲的少啖咧，會飲的乾三杯，慶祝咱台灣人的好日子！三杯無夠閣換大樹喝聲，台灣

人覺醒咧！閣三杯！大家共齊大聲，信心！信心！沉迷踮感動的罩霧，我聽著德智的問話。

—— 鄭兄！你看這遍的覺醒敢會親像瓊花一現？

—— 杜博的！袂啦，信心，樂觀，咱出日頭啦！

—— 大樹手猶捧酒杯仔，大大聲，唯台灣頭到台灣尾，有阿公有阿嬤，有翁仔某有少年的，有細漢囡仔有孫仔，這遍無相仝！無相仝啦！

—— 德智假若心有所思，我轉來規禮拜，行行徙徙猶是會鼻著規甕醬菜味，親像肉粽燒燒大家喝燒好食，醬缸毋是一日一月洗會清汽，醬缸若無洗清汽，政治覺醒無基礎，我佮恁相仝有信心，但是我無恁的樂觀。

—— 根源！你咔會恬恬？正義毋表示家己的意見揣我做伊的放送頭。

—— 我先拭一下興奮的目屎，踮美國三十外冬，有一唱喝一聲，有一汗流一滴，想著臭頭仔有美援閣壓榨台灣人的艱苦錢，有軍隊閣有大炮，有特警閣有爪耙仔，有扶膦葩的嘛有鱸鰻，咱是雙手佮一枝喙，有一工做一工，有一項做一項，咱毋敢向望這世人看會著，咱向望咱的一點一滴，咱的子孫宛仔會一點一滴，有一工咱好運的子孫道會有眼福！萬萬想袂到，咱有今仔日，咱大家會倚踮家己的土地頂懸大聲喝甲歡喜，三十外冬我毋捌想過這款美夢是啥物面貌，我哪敢眠夢我會有好運！會有眼福！旦仔這，德智的感慨，我聯想著白蛇夢的傳奇，白蛇千年修鍊變成貌傲一

世的美女，但是伊就是無法度共伊最後的一口邪氣
逼出人形！我那講那心酸毋知家己目屎流規面。
—— 老細的！假使咱真正無法洗清醬缸，咱懇祈上帝下
　　令四十工四十暝的洪氾，叫盧亞閣重新開始！鄭頭
　　的酒量有夠，元氣十足。
—— 大樹喝聲，咱拜請如來蓮花化身！
—— 德智信心無減，鄭兄！咱請大師超渡，咱續修業障，
　　代代續修，代代累積，有一工會生出綠葉，會淡根，
　　咱會變成有根有葉的樹欉！
—— 我責備家己厚話，趕緊斟酒招鄭頭的閣飲酒，扭回
　　慶祝好日子的氣氛。
—— 大嫂笑出聲，佳敏過身了我毋捌看過根源親像今仔
　　日遮呢開懷。
—— 聽著佳敏的名字，我的目晭隨霧霧霧，咬絞喙唇，
　　硬共嚨喉管的苦汁吞入腹肚內，招大樹乾杯，招正
　　義乾杯，乾甲霧煞煞，霧煞煞！

　隔轉工正義來共我叫醒，講您佮鄭頭的欲去谷關旅遊，德
智佮大嫂招我去大甲見大姐，大樹志願載阮去大甲了才閣去佮
正義匯合。大姐已經是七十外歲啦，身體猶是真勇健，一見面
共德智的雙手牽絞絞，那哮那叫阿智仔，德智陪阿姐流目屎，
大姐那叫阿智仔喙仔那念，想袂到咱有今仔日！阿爸阿母有靈
聖！德智共阿姐紹介大嫂，二個查某人那牽手那拭目屎，閣紹
介我，伊是佳敏的翁婿，聽著佳敏的名字大姐哮甲真傷心，這

遍換我陪大姐流目屎，據在目屎流，無人出聲阻擋，無人出聲安慰。大姐叫恁子合成生理停睏緊轉來見阿舅阿妗佮姨丈，合成佮阮招呼見面了，恁母也叫伊載阮去共大甲媽祖燒香，大姐跪跪媽祖的面前，親像阿兄虔誠的一點心佮媽祖回話，細細聲仔，伊感謝媽祖的靈聖予伊會凍完夢，今仔日踮世間閣佮小弟見面，伊另工會閣來謝願。彼夜暗大姐的後生查仔子孫仔攏總轉來厝裡，厝邊隔壁嘛過來鬥歡喜，規間廳堂鬧熱滾滾，欲睏進前大姐才交代明仔載欲去台南拜爸仔母。

　　十外冬前大姐共恁爸仔母抾骨奉采踮靈塔，靈塔起踮公墓的邊仔，新式的高樓七、八層懸，恁爸母的骨灰奉采踮五樓，杜得彰佮杜黃慧美靈格並排，大姐佮大嫂共紅色的玫瑰花插踮靈格前的花矸，奉茶點香，每人三枝，大姐佮德智倚頭排，大嫂佮我倚二排合成倚三排，清芳清芳的香味縈繞規層靈堂，大姐敬拜的心意，話聲摻攪香味，叫一聲阿爸阿母！較加四十冬啦，今仔日頭一遍，我佮德智會凍做伙倚踮恁的面頭前，佳敏綴恁歸仙啦，阮翁嘛三冬前過身，德智有掣恁牽手來，佳敏的翁婿佮阮子嘛做伙來，今仔日咱三代團圓，恁的期待，阮的數念，恁的教養，阮的向望，親像香煙裊(niáu)裊絲絲扣接，恁的心語永存阮活在世間的氣息，阿爸您猶會記持您在生的感慨？您叫阮做人愛有知識袂使親像七月半鴨仔，阮無予您失望，阮無親像七月半鴨仔看著主人的飼料，咯！咯！咯袂停，食予飽，食予肥朒(tsut)朒，毋知死活，毋知主人是等肥朒朒刣較有肉！阿爸阿母，恁的犧牲替阮累積點滴，七月半鴨仔猶是滿街路，阿爸！您的感慨永遠是阮姐弟活落去的左右銘，請領

受阮三拜，我那拜那感染大姐的氣息，鞠躬三拜，拜謝毋捌見過面的丈人丈姆。

　　彼夜暗大姐佮大嫂早早去休息，德智臨時起意叫合成載阮出去夜遊，合成照德智的吩咐駛去安平的臨河國小，德智講是伊佮佳敏的母校，暗嗦嗦只有路燈火，有看著教室的輪廓佮樹木的暗影，我毋知德智想欲看佗母校的啥物，抑是伊藉母校的形象欲弔念伊失落的囡仔時記憶，烏暗中，我頭殼瞬間閃熾佳敏徛踮校門口，佳敏轉來守護母校！我綴德智看入去烏暗，無風無搖，樹欉吞吐佗生存的氣息，我影著佳敏的招呼，我接接共樹影挽手，德智叫合成先駛去大橋頭等，我綴德智順運河散步，德智恬恬無出聲，親像猶是浸浴回憶的罩霧，我嘛恬恬，一時仔我接通佮二兄的對話，我細聲，二兄你用心良苦，你一定是看著七月半鴨仔塞倒街，你才會堅持我愛家己想家己揣袂緊之，我領悟，只有靠家己想家己揣，樹根生淡才會闊，大才會粗，鑽才會深，樹頭徛才會在，無張池，德智叫一聲，根源你敢有鼻著臭味？我喝聲，咋會攏無鼻著？德智問我你是佇想啥？我無答喝聲咱緊行，咱予合成等傷久啦！

　　隔早起德智佮大姐欲陪大嫂轉去佗後頭厝西螺，了後才倒轉去大甲佮大姐二個查某子的親家團圓，我因為愛趕轉去美國參加CDC流行病學調查訓練，依依不捨佮恁分手坐火車去台北。到台北已經真暗啦，我摼電話佮正義相辭，正義問我飛能機的時間約明仔載做伙食晝，伊欲載我去機場。踮車頂我問伊谷關的景緻敢有嬌，伊笑笑，問我景緻嬌媠佮心情敢有關連？我應講嬌道是嬌！伊猶是笑笑，心情若好閣較媠的景色嘛變甲

嬈噹噹，若拄著彼日心情袂拄好，閣較嬈道是歹看！照你按呢講你佇谷關的心情敢有拄好？伊笑出聲，規日聽鄭頭的話虎膦你想心情敢會嫷？我會意綴伊笑出聲，伊問我敢有聽著許廠長去中國投資？我搖頭問伊當時去投資？正義應講較加半冬啦，前遍佮你見面時道已經投資啦，伊共台灣的藥廠掛予蔡藥劑師，孤注一擲(tik)，共財產搬去四川成都開設製藥廠，生產特效藥，我笑問伊敢有投資？正義收斂(liám)笑聲，送錢去虎口我道毋是佇起痟咯！我行入去機場，尻倉後聽著正義接接叮嚀家己保重！心肝頭有講袂出喙的歡喜，歡喜正義明智，嘛影著不祥的預兆，許榮基送錢入虎口親像是一片烏雲，雲層愈積愈厚。

　　過咧誠冬的款我收著正義的一封長批，伊紹介這一、二冬來台灣新政治的氣色閣呵咾大樹的才華，伊講電子工場的成果真好，續了有一大段是講許榮基的代誌：

　　「許廠長過身誠個月啦，恁子去成都共伊的屍體運轉來台灣安葬，傷心共我苦訴，正義阿叔！阮爸也聰明一世矇(bông)懂一時，哪會去信遐騙仙仔的話，啥物書記，黨幹部的保證，原來是預設的陷阱，恁等到藥廠開廠開始生產時才變面，控告阮爸也生產偽藥，叫伊藥廠留咧離開中國保全伊一條生命，二億，阮爸一生的財產化做烏有，伊哪甘願，爭取無效，大家歹面相看，阮爸也活活氣死。根源！你想許廠長欲責備誰人？我毋是幸災樂禍，我大聲替伊叫冤，我操中國仔土匪，我安慰恁子，但是我就是毋敢講出喙，許廠長的敗筆，就是迷死迷瀾欲看伊的嬈查囝仔愈嬈愈幼齒，金錢完全消失金錢功能的色

彩，……」

　　我共正義的批加讀一遍，心情嘛綴伊的憤慨不平衡，許榮基無認為伊是共錢送入虎口，伊認為伊聰明蓋世，伊比共產仔較有本事，伊行走江湖四、五十冬，伊當然比共產仔較有本事，伊萬萬想袂夠伊入迷幼齒的嬌查囝仔會予伊失去英明，假使共產仔若笑面，許先生，勞力！你的錢阮笑納，你的任務完成，你轉去，我毋知按呢許榮基敢會氣死？但是共產仔奸巧強占伊的財產，叫伊鼻仔摸咧，閣共伊掃出門，許榮基這時才覺悟伊是自願送虎口！伊若無氣死敢猶有別項選擇？中國仔若飛彈射台灣，伊佮台灣島嶼共存亡，伊死有名份，毋是親像伊這款不明不白的氣死，死了不正不名！我同情許榮基的死，但是我毋知我同情的目屎欲按怎流？

　　二冬受訓煞轉來灣區，我緊撥電話共大嫂德智請安，大嫂歡喜叫我過去做伙食暗頓，我踏入門喝聲咔會恬唰(tsiù)唰？大嫂踮廚房出聲，你毋知二個囝仔攏去東部讀大學啦？德智佇冊房，我菜連鞭煮好。

　　── 德智有笑聲無話聲，已經斟一杯佇等我啦。

　　── 我坐咧涩二喙，笑聲，二冬假若十冬咧！有夠久！

　　── 德智推一本台灣出版的雜誌予我，叫我看伊反開的彼頁。

　　── 台灣的地檢處起訴王教授貪污瀆職，我恬恬仔讀，毋知德智是毋是有注意我的表情，讀煞頭一段，我喝聲，國民黨猶是舊戲齣提出來搬。

—— 德智猶是無出聲。

—— 我閣喝聲，伊有理想伊有抱負，哪有可能做這款代誌？

—— 德智細聲感嘆，阮做伙遐濟冬我知影伊的做人，我嘛袂相信。

—— 攏是白賊話！

—— 德智閣感嘆，台灣朋友弟兄的傳聞，毋是攏好聽的風聞，真歹講全部攏是造謠。

—— 大嫂徛踮冊房門口，喝聲，食飯啦！

—— 五菜一湯，我笑問，毋道叫人來鬥食？

—— 莫(mài)假仙，大嫂共我睨(gê)，酒若飲落，你的碗底道傾甲清汽噹噹！

—— Cheers！我敬酒，德智大嫂攏捧酒，Cheers！

—— 根源，德智敢有提雜誌予你看？

—— 我酒那飲那扰頭。

—— 我無相信，你敢有相信？王教授毋是彼款人！

—— 大嫂看我扰頭閣哀嘆二聲，但是有老同學傳聞，恁有親晟包過紅包！

—— 我反問，敢會是不滿伊的人故意造謠中傷？

—— 德智插喙，我想欲問的是當年的理想何在？親像電火泡仔欲照明，無接鎢絲袂發光，無夠電理想變霧霧。

—— 大嫂佮我共齊喝，你講的鎢絲是啥物碗糕？

—— 德智故意扮仙，酒飲一喙閣嗽一聲，理想需要啥物導路？奉獻，鎢絲道是奉獻，電火泡仔的照明若無

奉獻導路，照明變無光牆，理想變霧霧。

── 我惦惦飲酒傾碗底，回味德智的話。

── 大嫂看我傾碗底笑出聲，去泡三杯咖啡，杯杯沖煙，問阮敢有夠味？

── 我呵咾總鋪師寶刀無老！

── 根源，你敢有看過《慾望街車》的電影？

── 我扰頭，拏無伊轉話題的意思。

── 大嫂閣問，慾望街車敢有裝跤擋？

── 我猶是拏無寮仔門。

── 德智笑出聲，牽的妳的比例有夠嬌喟，絕對的權力絕對的腐化，假若慾望街車無裝跤擋！

── 我反應較慢，續喉，所以慾望街車愛裝設奉獻的跤擋！

── 德智聽甲歡喜心適招阮乾杯。

── 我唯橐袋仔摅出來公証好的委託書推予德智，德智那讀我那講，唯中國廣東開始的SARS（殺死！）傳遍香港，越南，星加波，加拿大，台灣嘛已經是疫區，我有接著派令去台灣調查，過二工起行，踮美國的財產道委託恁處理。

── 大嫂插喉，你傷敏感！

── 我笑笑，總是愛準備，拜託恁以佳敏的名設立基金。

── 德智共委託書囥入去橐袋內，阮接受你的委託，我會尊重你的意思，但是我相信咱會閣見面。

── 我佮恁相辭，我嘛相信，咱會閣見面。

　　轉去厝裡猶無睏意，斟一杯，那溼那行跤花，看著桌仔頂猶排彼本拄讀煞的小說，普路許雨的《鍊金術士》（The Alchemist by Paulo Coelho，English Translation by Alan R. Clarke），順手提起來反咧幾佇頁，看著一暇紅筆的眉批，術士預知慾望佮理想會有征戰，下跤閣畫三個大問號，我坐落去，凝視彼三個問號煞想起來術士共提鍊的金餅切成四周的預言，術士共一周送予修道士，一周交予草地阿哥（Santiago，小說的主角），一周留予家己，最後一周閣交予修道士，叫伊替草地阿哥保管，術士佮他相辭了閣倒轉去沙漠過伊的修鍊生活，草地阿哥繼續走揣伊一生盼望的金字塔，伊千辛萬苦長途跋涉終於看著伊暝日思念的金字塔，但是伊猶是不忘伊尋寶的意願，術士的預言親像無字天書，伊預言草地阿哥踮尋寶的途中，伊的金角會予強盜搶去，伊會閣倒轉去提修道士替伊保管的彼周，伊不忘尋寶的意願，伊袂死心。術士的預言予我似有所悟，原來伊是預言，慾望佮理想的征戰毋單交戰一次，怹的征戰是一齣演袂煞的連續劇，我憨憨仔笑出聲，我愛緊共大嫂提醒，叫伊彼台裝有奉獻跤擋的慾望街車，愛不時去車行換新的擋皮仔！

　　到台灣我先揣正義，電話中我簡單講我這一暇的任務，正義一反伊一向的笑聲感嘆二、三聲，我想講敢會是殺死（SARS）的傳染影響伊的心情沉重，伊煞抱怨海外能士親像是故意忽略台灣政治醬缸的爛臭，大家攏是共心神园踮做大官做大事！我較加二冬無轉來台灣毋知伊抱怨的底細，恬恬無插喙，頭殼內是閃熾大樹酒醉的真言，聽我無出聲正義閣苦嘆一聲，敢會是我期待傷深？向望海外能士有奇能！我應講大家攏有理想，毋

過奉獻毋是喙口講講咧道好，奉獻愛有行動，毋單是一日一月
的決心，若欲開花結籽道愛不計年月，不計名利的沃水，正義
轉笑，根源！有歲啦！心切，求人之所難！我安慰講，若見面
我欲親聽伊的故事，明仔載已經安排好，我欲入去隔離病院，
疫區若未解除我道暫時袂佮伊見面。

　　我陪台灣疾病管制局林副局長去仁濟醫院，調查院內感
染的疫情，佇調查中接接聽著和平醫院彼個護士長悲傷鬧劇的
報導，經林副局長的允准我倒轉去和平醫院親身了解，我的調
查，若毋是醫院的高層主管漫不經心，台灣的疫情應該較早會
有有效的控制，我繼續追蹤調查，阮閣去中興醫院嘛去華昌國
宅，我個人的感受「殺死」可怕，但是台灣人缺乏關懷之情更
加可怕。

　　五月下旬阮落去新竹，我親眼看著新竹市長帶頭喊喝抗
爭，疑似病患袂使轉送去恁新竹的醫院，恁抗爭的心態佮台北
和平醫院封鎖了後，醫護人員，患者臨陣脫逃衝破封鎖線，市
民拉布條抗議的心態，同樣是別人的子死袂了！阮閣落去雲林
了解環保公司如何處理醫療廢棄物，當地居民猶原無生死與共
的社會認識，恁不管三七二十一就是反彈，欲抗議到底，到甲
六月阮才落去高雄的長庚醫院，高雄市民嘛有抗議拒設疑似病
患收容中心，幸運，高雄的負責人員有關懷之心閣有有效的管
制，高雄的情境若佮台北市相比，高雄親像是發展國家，台北
市假若佮中國相仝猶是發展中的國家。

　　我繼續留踮高雄，有必要時我會倒轉去疾病管制局的病
毒實驗室做實驗，「殺死」的殺傷力已經無親像四月、五月初

的狷(tshiong)獗(kuat)，全島的疫情已經有有效的管制，我看著的面貌無閣是時時可危的歹看面，毋過我猶是深深記著這二、三個月的感受，台灣人的惻隱之心親像攏埋埋藏踮眠床跤，毋捌見過面的丈人的感慨，台灣人的危機感親像是七月半鴨仔毋知死活，顧家己食予肥泏泏，閣無勇氣徛起來，無認識啥物是危及共同徛起的社會，無有親像卡羅歐巴尼醫生（Dr. Carlo Urbani）的高貴情操，救人犧牲家己的生命，台灣人的心情，猶是親像彼個中國醫生，不顧伊的病體會四溢「殺死」的病毒猶原去香港食腥臊，若閣佮Sam恁阿嬤講的東天母傳奇相比，向望台灣人會出現有講喙的勇敢人物，大聲替予天公化成惦喙的樹木石頭兄弟講話，真正是向望天頂落紅雨啦！

　　七月下旬，世界衛生組織（WHO）解除台灣是疫區，我佮所有的台灣人做伙喘一口大喟，上帝賜福，台灣人閣避過一次大災厄，親像舊約鍾藍篇（Old Testaments，Jonah），上帝原諒尼尼迷人（Nineveh）的悔改，赦免恁全部的人免於死亡，但是台灣人敢真正像尼尼迷的人有悔改？我看著，我聽著，台灣人毋單無悔改閣埋怨天公伯仔無夠意思，無提早通知台灣人，台灣人真正是七月半鴨仔，天公伯仔的電子批親像雷公爍爁，口蹄疫，北京A型感冒，二十四面結構體病毒，一封接一封，台灣人毋單是臭耳人，閣刁工試驗天公伯仔敢真正有靈聖！家己三通，私通，送入去虎口，中國千外枝的飛彈逐枝現現，恁目睭擘開道看會著，恁看著嘛毋驚，莫講天公伯仔電子批的警告，恁看袂著，哪敢向望恁會著驚！因為恁的頭殼內佮中國人相全，裝滇滇黃帝周公的正統，因為恁佮中國人相全，愛食北

京烤鴨，東坡肉，因為他相全贊嘆，中國五千冬悠久的文化。

　　台灣疫區解除了，我有接著無國界醫生聯盟的徵召，閣去斯里蘭卡佮和蘭女教授匯合，做大海嘯災難後PTSD的病歷調查，我猶有三、四工的時間，我聯絡著臨河國小的曾校長，高雄離台南近近仔我道親親去拜訪曾校長，曾校長招待親切，講伊有查出來杜佳敏校友的略歷，我共伊補充欠少的資料，曾校長解說，恁即馬學生的人數減少有倩出來真濟空教室，恁計劃拍通空教室擴設做佳敏圖書館，我贊同恁的計劃，佮曾校長分手時，伊再三強調二個月內伊會寄計劃書予我，我轉去高雄隨撥電話揣正義煞是恁孫仔接電話，講恁阿公阿嬤去火燒島旅遊，閣應講毋知當時才會轉去，我趕欲整理疾病調查的資料寄倒轉去美國，道決定寫批予正義：

　　「臨河國小的曾校長有智慧閣親切，我佮伊談甲真歡喜真貼心，我答應捐獻二百萬，拜託唯我的口座共錢匯去學校，本想離開台灣進前閣佮你促膝夜談傾聽你猶未講的故事，但是我隨欲去斯里蘭卡，行程是四個月，若告一段落我會閣踅轉來台灣，這遍親歷『殺死』的感受，証實德智悲觀的預言，手牽手護台灣是瓊花一現！希望我的悲觀無干擾你的心情，保重！」

　　附我替家己準備的祭文：

　　　唯

　　　一萬外冬前，台灣島嶼猶陸連歐亞大陸的時，人類道

有搬徙來踮台灣徛起，是啥物樣的族群，唯啥物所在搬徙來踮台灣，考古學家，科學家，佮語言學家到即馬猶無實足的證據肯定恁的發現佮研究，答案猶是一個謎，毋過有分子人類學家推定，搬徙來踮台灣徛起的族群是佮黃河流域的漢族族群無血緣關連的族群。大約離即馬九千冬到六千冬的時，踮台灣徛起的族群開始向中、南太平洋的島嶼殖民，恁的殖民涵蓋中、南太平洋佮印度洋的島嶼，學者號稱這個族群叫做歐斯羅尼絲因（Austrone-sian），講歐斯羅尼絲因語，多數的分子人類學家佮語言學家推定台灣是這個族群的祖居地。

九千冬前到離即馬大約四百冬前，所謂台灣住民的史前史，並無可靠的文字記載，科學家，考古學家推定有族群徛踮高山，有族群徛踮平地，因為恁隔離不相往來，經過數千冬的獨居生存，恁形成無相仝的高山族群佮平埔族群的生活文化，恁閣推定佇這個期間，唯中國東南沿海佮太平洋的島嶼，陸續有族群搬徙來踮台灣，唯中國東南沿海搬徙來的族群嘛已經有接觸過漢族文化，即所謂的漢化（Sinification），因為無文字記載，平埔族群按怎生活，數千冬來恁按怎形成平埔族文化嘛是一個謎。

大約四百冬前，踮台灣平地徛起的族群頭一遍接觸非漢族文化，1624 年，荷蘭人來殖民台灣，這個族群的文化佮荷蘭人的文化有經過三十八冬的衝激。荷蘭人殖民政策偏重經濟利益，因為這個族群的生活方式無予恁產生預期的財稅收入，恁引進中國人來共同殖民剝削這個族群。

平埔族群的住民毋單負擔殖民政府的課稅，閣愛接受佮殖民政府有密切關連的基督教的強制宣道，但是恁經濟上，生活上的主要壓力是來自中國生理人的剝削。1652年，郭懷一糾合佇台灣耕作的中國作穡人起義反抗荷蘭人的重稅剝削，平埔族群的西拉雅人選擇佮荷蘭人聯盟剿滅郭懷一的叛亂，支持恁選擇的一項重要理由，荷蘭人雖然也剝削恁的生活，恁的土地權利猶是受尊重保護，恁猶原過恁掠魚，拍鹿仔，游耕的悠然自在生活，恁的話語嘛頭一遍文字化（羅馬字，新港文），毋過荷蘭人引進中國人來共同殖民台灣，嘛同時抛落漢化平埔族群的種籽，三十八冬的文化衝激親像撣一粒細粒石頭仔落去恁漢化的大海，噴出幾點仔無全文化的水鬚。

大約三百五十冬前，國聖爺趕走荷蘭人，殖民台灣建立中國人殖民台灣的第一政權，台灣平埔族群畏於鄭成功的威猛武力，閣對基督教傳教的專橫有積怨，恁選擇歸順鄭氏王國，恁的生活方式從此走入漢化的不歸路，恁的話語羅馬字書面化中止，恁講的歐斯羅尼絲因語是啥物時陣予漢化的語言（閩南語）完全替代，嘛無可靠的紀錄。接連鄭氏王國，中國的清朝王國殖民統治台灣較加二百冬，有將近二百五十冬，台灣平埔族群是踮漢族王國的歧視政策統治下生活，恁居住的土地被新移民的漢化族群使用詐欺，誘騙，佮武力的方式侵占去，恁閣愛向清朝政府繳付重稅，致使恁原有的掠魚，拍鹿仔，佮游耕的優哉生活方式漸漸煙滅。漢化族群的移民有增無減，恁的人數變成

台灣住民壓倒性的多數，平埔族群為著繼續生存，維持生活，只有深入漢化，恁的生活漢化，話語漢化，含敬拜家己的祖先道叫做是敬拜太上老君，恁的文化變成弱勢文化嘛接受「適者生存」自然淘汰的命運。九千冬前踮台灣平地生活講歐斯羅尼斯因語的平埔族群文化自此流失，若欲証實恁歷史上的存在，只有靠學術上佇 DNA，語詞佮動植物變遷的歷史研究，佮考古家新挖出土的古物樣本，毋過依據分子人類學家的研究報告，恁的血水代代相傳，佮新移民的漢化族群的血緣有關連。

大和民族五十冬的殖民統治，佮三百冬前荷蘭人的殖民統治無相仝，台灣漢化的族群包含漢化的平埔族群，恁感受新帝國殘忍的政治統治，文化壓迫，恁佮祖國的漢民族政治隔離，生活隔離，恁思鄉的情結更加強烈更加哀怨，恁日日思念祖國，恁反抗大和民族的殖民，恁向望早一日回歸祖國團圓。大和民族殖民的時間比荷蘭人的殖民較長，統治範圍較闊，文化壓迫較深入，經過五十冬，台灣的社會形態，經濟建設，政治統治形式佮漢民族的祖國有明顯差異，台灣漢化族群的生活習慣，食食穿插攏產生異化，含大腦思考的資源嘛有參入大和民族的文化，毋過二百五十冬的漢化已經深入恁的骨髓，非漢民族文化的新認識無振動恁漢化的本質分毫。

代表祖國漢民族文化的國民黨政府，恁殖民統治台灣五十外冬，比大和民族的殖民更加殘忍，更加腐敗，恁為著欲消滅攪參的大和民族文化，恁專制極權的手段閣較無

人性，控制閣較全面化，恁強迫改換原有使用的漢化口語（台語），灌輸自私，是非不分的社會規範，閣重重疊疊封鎖大腦思考的資源。佇五十外冬史無前例的政治，經濟，佮文化壓迫下生活，台灣漢化族群反抗的意識並無超越「亞細亞孤兒」的哀怨，二百五十冬深入骨髓的漢化親像如來佛祖的金箍，套踮台灣漢化族群的頭殼，絚絚鎖稠恁的大腦，漢民族大一統的真言親像金箍咒，予恁心驚膽寒毋敢伸跤捏 (nè) 手，反抗的人數嘛親像寒夜的火星，無法度燎 (liāu) 原，深入骨髓的漢化閣踮恁的意識，築圍一堵無形的萬里長城，恁若無自覺無自信，恁永遠看袂著彼堵萬里長城。台灣漢化族群本有刻苦耐勞勤儉的好德性，撞著世界經濟繁榮的好天時，恁終於爬出四百冬的散赤生活，出頭天，恁行有餘力，恁接觸非漢民族的文化，恁大開眼界，恁生出來無全的生存價值觀，恁認識做人的尊嚴，恁要求人權，恁要求民主政治，恁要求自由言論，恁踮隔離的島嶼孚出希望的新穎 (ínn)，恁希望的火星不再宓踮寒夜的壁角孤火自賞，唯反抗大和民族的壓迫，唱出「亞細亞孤兒」的悲歌，到甲哀痛漢民族政府極權的統治，恁勇敢徛出街頭，高歡「毋通棄嫌台灣」，恁不懼 (kū) 寒夜，前仆後繼唱出可歌可泣可頌的活力，令人不解，恁可歌可頌的活力，若面對如來的金箍咒是遐呢疲弱，遐呢無奈。

　　一百冬的隔離敢無夠久？1620 年，五月花載清教徒登陸美洲新大陸，恁經過較加一百五十冬的新生活，到 1776 年，恁才夯起獨立的大旗，恁佮祖國英國相仝是安格羅沙

可孫的子孫後代,毋過恁欲過恁無相仝的生活,恁欲起造恁的美國文化,恁願意為恁的子孫後代犧牲,恁願意為恁的子孫後代奉獻。咱為著咱的子孫後代永遠的旅程,咱愛自覺咱一生短短的旅程是新的旅程,咱愛有勇氣相信咱一點一滴的血汗毋是白流的,有一工,五十冬,一百冬,二百冬,咱的子孫後代會生湠有根有葉的台灣文化,恁面對如來的金箍咒不再疲弱,恁面對無形的萬里長城不再無奈。

補記

　　老師!親像是前冬的款,我有撞著幾個小學仔同窗,恁招欲飲酒閣講請老師做伙來,我志願去前鋒載您來高雄,見面,您的面仔笑出無意料的驚喜大叫一聲,根源!我接接叫老師,您是笑聲連連,飯桌中,同窗的親切請您用著,您解說,致著死症已經拖咧幾偌冬啦,揀食閣食少,同窗的猶是親切接接招呼,停一時仔,您閣笑聲連連,捧水杯仔共大家敬酒,講您腹肚歡喜甲飽挂挂,五、六十冬猶閣會佮大家見面,我酒落喉,感激,老師食甲老猶是體貼學生,幹頭,笑出對您的謝意,您細聲,根源,你嘛走蹤五十外冬啦,恁同窗的攏風聲你外有本事咧,事業做外大咧,你敢無想欲共你的人生寫出來佮阮分享?我笑應,日常生活的小事,敢有啥物好寫的?載您轉去厝裡,這遍,您毋是徵求我的意思,根源!若會讀著你人生的故事毋知有外趣味咧!老師!五十外冬啦,唯您掣我去考試

開始，我一直向前行，路途坎坎坷坷，無路道家己揣路，這敢是您想欲讀的故事？向望您猶讀會著我心靈的故事！

踮斯里蘭卡較加四個月，和蘭女教授決定先停睏二個月整理收集的資料製作病情的問卷，伊倒轉去洛山機，我蹛來台灣，無聯絡著正義，大樹來桃園接我，喝聲，巫頭的咱閣見面啦！我毋知伊話聲內底有暗藏啥物玄機，我叫伊載我落去台南，我佮臨河國小的曾校長有約會，過份疲勞，我的心神憨神憨神，大樹嘛一反常態無接接問話，久久仔才有撓(nàu)一聲仔，伊講我的白頭毛親像愈發愈濟，我號做伊是刁工共我詼，應講你是驚我跤步比你較慢？無啦！無啦！ 毋是按呢！大樹接接陪會，我問伊正義敢是出國旅遊我才會攏聯絡袂著？大樹，足久，足久，攏無出聲，伊哀傷的淚聲，路途遙遠，阮決定無共你通知，廖總的三個月前腦充血過身去啦，淚聲親像晴天霹靂，鑽入我的身軀，絞痛五臟六腑，我傷心，數念的目屎一粒輾過一粒，正義！你哪會無半句相辭，較加三十冬的舊記憶，閃爍過我的淚目，後影揉前影，變無明，影影變無影，前暝，我咔會無踮台北加停一工仔！我哪會無按呢想！我叫喝，正義，你哪無予我見最後一面！傷心，失神，悲哀，憨神，我毋知時間的輪轉，真久，真久，我較聽著大樹細聲，叫一聲，巫頭的！臨河國小到位啦，我坐踮車頂養神二、三分鐘，共目屎拭清汽，開車門，大樹佮我並肩入去學校，曾校長相全笑容相全親切，伊掣阮參觀佳敏紀念圖書館的翕(tshoo)形，大樹接接呵咾內部的裝設，曾校長解說，恁特別設計冊架仔佮學生仔

平懸，予囝仔方便選冊，閣交一份收支報表佮購買圖書的計劃
書予我，我笑講，有夠歹勢，我出一枝喙害恁勞苦閣費神，曾
校長笑納我的心意欲留阮食暗頓，阮共伊說謝，嘛真心答應，
恁開館使用時，我會閣來學校共小朋友講幾句仔話。

　　阮坐起去車頂大樹問欲閣去佗位？我應講先來去麥仔酒
餐廳止喙礁才閣講，大樹轉笑面，巫頭的你猶是不減當年的英
勇！阮一個人采一罐閣推二粒蝦仁肉丸，停喘時我問大樹，你
敢有聽過許昭榮這個人名？大樹笑問，敢是彼個焚身抗議的老
大人？我扷頭招大樹做伙為許勇士乾一杯仔！日頭落海進前，
阮趕到高雄旗後的風車公園，萬道霞光普照直立的台灣無名戰
士紀念碑，我招大樹做伙默拜，阮倚一時仔才徙過去「魂鎮固
土」地標的面頭前，我閉目敬拜，凶凶火光無停的閃熾，我影
著英勇的魂靈，佮地標並排企立不動，我懇祈英勇的魂靈永鎮
固土，我閣細聲念出余利德（T.S. Eliot）《聖灰日》的詩句，誦
讚奉獻的魂靈：

　　　　雖然我無向望閣轉彎
　　　　雖然我無向望
　　　　雖然我無向望轉彎

　　　　－－－－－

　　　　苦難阮莫閣造假欺騙家己
　　　　教示阮關懷佮莫關懷
　　　　教示阮坐恬恬

VI

Although I do not hope to turn again
Although I do not hope
Although I do not hope to turn

— — — — — —

Suffer us not to mock ourselves with falsehood
Teach us to care and not to care
Teach us to sit still

　　阮拜別石碑地標時，日頭已經收回光芒，石碑地標無顯明
的輪廓，莊嚴的威力猶原罩頂，我那行那幹頭，我向望，向望
奉獻的魂靈閣再顯靈，我幹頭，全公園的路燈即時大明，我心
頭搖一趒，停跤，面向莊嚴的地標，閣一遍感謝奉獻的魂靈。
　　踮旅社，我共大樹講明仔載我欲倒轉去小林佮仁德恁做伙
慶祝阿兄的父親節，大樹講伊愛倒轉去新竹處理業務，閣講廖
總的過身進前有移交我的口座予伊，問我按怎處理？我應講我
若無轉來授權伊全權處理，明仔早起載我去和運租車，伊接接
叮嚀，叫我小林探親了一定去新竹看伊的工場，我大聲應好，
閣喝聲，我欲去共正義拈香拜別！

　　　　　*　　　*　　　*　　　*　　　*

　　第三本讀煞，仁德規暝睏袂去，伊等袂到天光通共爸也報

好消息，天拄拍殕仔光，伊道摩彼三本簿仔踮廳裡等阿爸起來共佛祖媽奉茶，看阿爸共香插好，伊喙仔笑哈哈行倚阿爸的面頭前。

「阿爸！阿叔有留伊一生的故事。」

「佇佗？」

「看咧！這三本！這三本！」仁德匀匀仔推(tu)予恁爸也。

恁爸也反咧反咧，伊捌無幾字，搖頭。

「我讀三暝，我欲加讀幾遍仔，我才逗逗仔講予你聽。」

「阿弟仔阿妹仔攏捌字，你愛分恁看。」

「等我讀了咧，阿爸！我卡想道想無，」仁德心急大舌大舌。

「啥物代誌？」

「阿叔哪有先見之明？阿叔事先哪會知？」

阿爸笑笑，「恁阿叔是神仙來投胎，伊會推算四百冬前四百冬後的代誌！」

仁德失神，憨想，坐踮儌椅三本簿仔园踮伊的大腿頂，伊猶是想無阿叔哪會毋閃避！？

——2013. 5. 15

小說本文無註明冊名、作者的參考著作、論文：

- 《Crazy Like Us》By Ethan Watters
- 《East Timor Testimony》Photographs by Elaine Briere
- 《族群，歷史與祭儀》李國銘著
- 《Guns, Germs, and Steel》By Jared Diamond, Chapter 16, 17
- Science 期　刊，2009 Jan. issue：〈Language Phylogenies Reveal Expansion Pulses And Pauses in Pacific Settlement〉By R.D.Gray et al；〈The Peopling of the Pacific from a Bacterial Perspective〉By Yoshan Moodley et al
- 《How Taiwan Become Chinese》By Tonio Andrade
- 《我們流著不同的血液》林媽利著
- 《荷據下的福爾摩莎》By Rev. Willam Campbell，李雄揮漢譯
- 《平埔族調查旅行》伊能嘉矩著
- 《台灣南島民族的族群與遷徙》李王癸著
- 《異論台灣史》翁佳音著
- 《台灣平埔族史》潘英著
- 《平埔族拍瀑拉族群之研究》計文德著
- 〈正港台灣魂　許昭榮的大苦行〉李禎祥，新台灣新聞周刊 (646)62
- 〈中國神祇台灣化〉薛化元，新台灣新聞周刊(646)74
- 《台籍老兵的血淚恨》許昭榮著

作者的說明

　　二十一世紀已經閣過去十四冬啦，台語文猶未全面漢字書面化，嘛無漢字標準化。踮無人關心無人注意的演變過程，我榮幸會凍自由創作佮中文無相仝的文句造句，使用無相仝的漢字表達既有的中文詞彙的意境，向望台語文的形成會有佮中文無相仝的文句結構，毋是停留踮單純追究口語書面化爾爾，希望讀者了解，做伙祝福台語文的成長。下面簡單舉這篇小說用著的一、兩個範例，效果如何？願請高明的讀者參考、指教：

　　一、長、短句：
　　　　1. 無一分鐘久楠梓仙溪的溪水漲咧規尺懸……
　　　　2. 澹澹溼溼也是雨水也是目屎外口大貢雨粒椿門窗……

　　二、無相仝的字詞佮用字：
　　　　1. 心歷歷程（心路歷程）
　　　　2. 行影（形影）

本土前衛作家宋澤萊獲第17屆國家文藝獎

前衛推出宋澤萊小說代表作
深情典藏紀念版

【本刊訊】第17屆國家文藝獎於11月26日舉行頒獎典禮，由電影導演李安、文學家宋澤萊、劇作家紀蔚然、作曲家陳茂萱獲獎。其中，作家宋澤萊以「作品內容豐富、形式多變具前瞻性；持續創作四十年，寫作跨越文類，勇於創新、不拘一格，並有強烈社會與人文關懷」得獎。前衛出版社亦推出〔宋澤萊小說四書深情典藏紀念版〕，並邀請李昂、吳明益、林文義、林瑞明、陳建忠等作家與學者，分別以抒情、導讀與評論之筆，帶領讀者進入宋澤萊的文學世界，讓讀者看見台灣苦難大地的過去、現在與未來，感覺冷暖、悲喜的人世間奇事。

【深談宋澤萊】

林文義（作家）
：〈想起宋澤萊〉
（文見紀念版各冊）

陳建忠（清華大學台文所副教授）
：〈農村不該成為傳奇〉
（文見紀念版《打牛湳村》）

林瑞明（成功大學歷史系、台文系教授）
：〈人間關懷：宋澤萊文學之格〉
（文見紀念版《蓬萊誌異》）

吳明益（東華大學華文系教授）
：〈如此響亮，如此溫柔〉
（文見紀念版《廢墟台灣》）

李昂（作家）
：〈黑暗的宋澤萊VS黑暗的李昂〉
（文見紀念版《血色蝙蝠降臨的城市》）

宋澤萊說：
……（他們）寫了很多我的秘密，很好。

LM03A/G16K/四冊成套

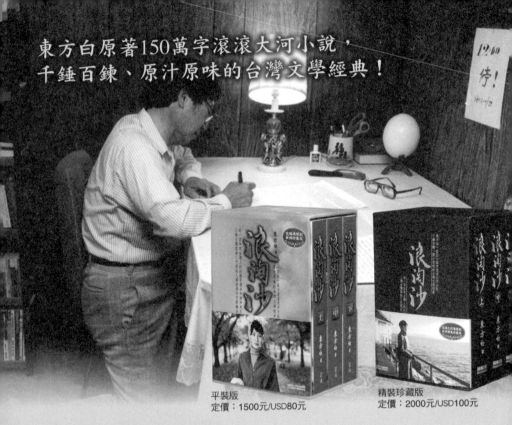

東方白原著150萬字滾滾大河小說，
千錘百鍊、原汁原味的台灣文學經典！

平裝版
定價：1500元/USD80元

精裝珍藏版
定價：2000元/USD100元

《浪淘沙》 | 三個台灣家族三代間的人事滄桑與悲歡離合
近一百年來台灣人民的歷史運命和精神意志

前英國首相邱吉爾說過：「一個人生下來，上天就注定要給他一個任務。」這個任務對東方白而言，就是《浪淘沙》。他用一生中最精壯的十年歲月，一筆一畫寫下這部一百五十萬字的大河小說，為台灣文學樹立了一座燦爛輝煌的金字塔。

《浪淘沙》以台灣歷史為證，以台灣鄉土為懷，描繪台灣自1895年割讓日本迄至當代，三個家族三代間的人事滄桑與悲歡離合的故事；空間背景涵蓋台灣本土、日本、中國大陸、南洋及太平洋彼岸的美國、加拿大等地，映現外在勢力(浪)不斷「淘」洗台灣人民(沙)的歷史風貌，呈顯台灣人民於時代巨輪運轉下不屈不撓的精神與意志，還有，永恆追尋的愛與光明。

《浪淘沙》三個台灣家族主角：
台灣第一個女醫生丘雅信(福佬系)
新竹中學、師大英文教授江東蘭(客家系)
成功中學、北醫英文教師周明德(福州系)

本名林文德，1938年生於台北大稻埕。1963年自台灣大學農業工程系水利組畢業，1965年獲加拿大莎省大學水文系獎學金赴加深造。1970年獲工程博士學位，即任職於莎省大學水文系。1974年移居亞伯大省愛蒙頓城，任亞伯大省政府水文工程師。現專事寫作。

東方白自大學時代起即陸續有小說、散

文發表。先後出版《臨死的基督徒》、《黃金夢》、《露意湖》、《東方寓言》、《盤古的腳印》、《十三生肖》、《夸父的腳印》、《浪淘沙》、《OK歪傳》、《父子情》、《芋仔蕃薯》、《迷夜》、《雅語雅文》有聲書、《真與美：東方白文學自傳》、《魂轎》、《小乖的世界》、《真美的百合》、《浪淘沙之誕生》等書。其中大河小說《浪淘沙》、大河文學自傳《真與美》分別執筆十年才完成。《浪淘沙》連獲大獎，並改編電視連續劇(民視)，允是台灣文學史上燦爛輝煌的一座金字塔。《真與美》則是他文學心靈的虔誠告白，人生的喜怒哀愁酸甜苦辣愛恨情仇悲歡離合盡在他的筆下昇華重現。

東方白受獎記事

1982 吳濁流文學獎小說正獎
1990 中國時報「開卷十大好書」
1991 吳三連文藝獎小說獎
1993 台美基金會人文成就獎
2003 台灣新文學貢獻獎
2013 台灣文學家牛津獎

浪淘沙相關著書

《浪淘沙人文映像之旅》
（浪淘沙大河連續劇寫真影像書）

《浪淘沙之誕生》
（東方白《浪淘沙》創作12年日記）

《鴻爪雪跡浪淘沙：東方白 DVD》
（黃明川導演錄製）

《多少英雄浪淘盡》
（《浪淘沙》研究與賞析，歐宗智校長著）

東方白兩個十年的文學苦旅
/林鎮山(加拿大亞伯大大學教授)

東方白以「十年辛苦不尋常」的皇皇鉅著《浪淘沙》，起用大河小說的形式，直若風起雲湧的殖民傷痕論述，呈現紀實性的台灣百年滄桑史，一如皓月當空，真實地映照他原鄉的悲劇命運擺盪，然後，又另一個十年，他依然「游於」白溪他鄉，行吟澤畔，以《真與美：東方白文學自傳》，訴說美學與心理的原鄉，飛揚愉悅，卻也不免沸沸揚揚，總是皓月當空/年華似水，還是一片虔敬的「觀注」襟懷。雖說離散(diaspora)去國，其實，又何嘗須臾遠離？然而「人生能有幾個二十年」？瀝心泣血二十年，終極完成的總是兩部鉅著：「大河小說」《浪淘沙》與「大河文學自傳」《真與美》，文本互涉、交相映照，終將是兩座矗立於台灣文學發展史上的里程碑。

《浪淘沙》電視連續劇特別版(共三冊)

「台灣阿信」！
亂世奇女子，台灣第一位女醫生的漂浪一生……

本書擷取《浪淘沙》三個家族中歷史感最濃烈、社會性最波瀾壯闊、人生際遇最蜿蜒曲折的福佬系家族部分，形塑台灣第一位女醫生丘雅信的一生傳奇屐痕。這亂世奇女子擁有許多的「台灣第一」，兼有不少顛覆舊傳統的革命特質，她冷靜、堅韌、自信、好學、專業，並成功地開創了台灣女性的一片天，然而婿人無婿命，多舛的命運之神似乎對她特別眷顧，她有兩個父親，兩任丈夫，她執意避開政治，但在那個政治支配人生的奇異年代，政治浪潮的沖激、擺盪，竟無端主宰著她輾轉流離的漂浪人生。

J138/18K/240頁全彩

《拋荒的故事》紹介

廖瑞銘（中山醫學大學台灣語文學系教授兼通識教育中心主任）

陳明仁——流浪的詩人，台語文界的武士。

自1980年代中期以來的台語文(母語復振)運動中，不認識阿仁的很少，連國外來台灣的記者、觀察家或研究台灣問題的專家學者，內行人都會指名找他訪問、聊兩句，甚至跟他學台語。

阿仁於1985年就開始改用母語寫作，並積極投入台語文運動，深入台灣各高中、大學擔任台文社團的指導老師，教台語、介紹台語文學，也擔任社區大學的台語教師，開設台語文基礎班/寫作班/播音班/歌謠班；在當時所謂的地下電台，像寶島新聲、淡水河、華語台等電台製作及主持台語廣播節目。

1992、1994、1996年，阿仁曾三度到北美洲美加各地巡迴演講，介紹台語文學、吟台語詩，結合當時在海外已經展開的台語文運動。1996年那一次回台灣以後，阿仁在台語文運動方面有一個大躍進，除了與台語文有志合力創辦一份台語文學專業雜誌《台文Bong報》，提供台語文作品發表的園地外；由匹茲堡的台灣鄉親林哲陽籌組成立「李江却台語文教基金會」，為台語文運動提供穩定的經濟來源與固定的行政中心；更浪漫的是，阿仁在台電大樓旁邊的小巷內，開一家以台語歌與講台語為特殊風格的「巢窟咖啡館」，讓民主運動、社會運動及台語文運動的兄弟朋友，在都市叢林裡有個聚會落腳的場所，《拋荒的故事》就是在「巢窟」裡寫出來的。

阿仁寫《拋荒的故事》這個系列，在文體上，是很想為台語文創造出一種獨特的散文小說風格，有別於中文的文學語的表達方式，他用口語式的書面語製造一種文學情境，專門寫境、寫情，讓口語也可以有美的境界，以此作地基，為台語文創造更多的書面語可以利用，建立我們自己的書面語文學。

在結構上，則是朝向以短篇連環故事構成長篇小說的形式，去再現台灣即將消失的那些人、那些事，最重要的是那些價值觀。所以，《拋荒的故事》分開看是一篇一篇各自獨立的散文故事，不過，如果把它們合起來看，可以發現當中有一些若有似無的牽連。首先，故事的場景大部分都是作者阿仁的故鄉彰化二林，所描述的景象都是五、六〇年代台灣農村社會熟悉的事物與情節，包括鄉下的人情世故、風俗習慣、農村光景及漸漸消失去的傳統產業，譬如：竹筒厝、乞丐的行頭、訂婚的禮數、尪姨收驚、照相、生活情趣、牛車、腳踏車、vespa……等等；對於傳統行業的細節有非常精細地描述，像「修指甲的」這個行業使用的器具、修指甲的過程，不但是一種歷史的記錄，描述本身就具有文學的趣味。小說中出現的人物大部分是台灣社會底層的人物，有乞丐、農夫農婦、漁夫、街市各行業的小百姓……等等，這些人物在他們的日常生活中一定就是講台語，用台語稱呼每一項事物，描述情景，及表達感情。將這些元素集合起來，正好就是五、六〇年代台灣農村社會的原始面貌，台灣人的生存圖像，那個時代、社會的

縮影。這樣的圖像不但提供今日讀者懷舊的情趣，也提供我們重新思考臺灣人尊嚴與價值觀的歷史素材。所以，把寄託那個時代的語言與文化的《拋荒的故事》，看成是另類形式的台灣歷史大河小說，也不為過。

《拋荒的故事》系列創作，重現了台灣50、60年代，重現了被改變了的社會文化價值觀，更重要的是，同時也保存了幾乎要消失的那個年代的母語。阿仁想要達到兩項效果：一、重新找回台灣人的舊價值，擺脫腐朽的中國封建文化；二、重溫台灣人母語的趣味與智慧，發現生動的母語敘事模式。所以，《拋荒的故事》在那些浪漫懷舊、荒謬有趣的故事中，阿仁其實是暗藏了後殖民台灣文化改造工程的企圖。

《拋荒的故事》展現了台語文學的特色，不僅真實記錄了台灣人的生活面貌、文化價值，也保存了台灣人的母語心聲，請愛台灣的人們不要再說我們台語文學者是不倫不類，不要再說台語文學「只有語言，沒有文學」。

《拋荒的故事》的重新出版，至少見證了堅持用台語創作文學這件事情是對的。我們沒有傻傻地等那些語言文字學家研究確定一套文字，就大膽地進行文學創作也是對的。

《拋荒的故事》這次重新以紙本與 CD 有聲書的方式出版，是要讓台灣人的文學能夠以立體、多元的形式傳播出去。所以，讀者可以用任何的方式來親近台語文學。在此，誠懇建議大家將《拋荒的故事》當做文學讀物、台灣文化知識、散文範本、廣播節目、台語口語教材……，不管哪一種用途，都可以喚回那已經拋荒的價值，再見台灣文學傳統的青春。

徵求2300位
（台灣人口萬分之一）
開先鋒、擧頭旗的
本土有心人

「友情贊助」
全六輯3000元

※立即行動：送王育德博士演講
CD 1片+Freddy、張鈞甯主演
《南方紀事之浮世光影》絕版
電影書1本(含MP3音樂光碟)。

贈

第四輯
田庄園仔紀事
1. 沿路搜揣因仔時
2. 飼牛因仔普水雞仔度
3. 抾稻仔穗
4. 甘蔗園記事
5. 十姊妹記事
6. 來去掠走馬仔

第五輯
田庄人氣紀事
1. 乞食：庄的人氣者
2. 鱸鰻松--仔
3. 樂--仔的音樂生涯
4. 痟德--仔掠牛
5. 祖師爺掠童乩
6. 純情王寶釧

第六輯
田庄運氣紀事
1. 印尼新娘
2. 老實的水耳叔--仔
3. 清義--仔選里長
4. 豬寮成--仔佮阿麗
5. 一人一款命
6. 稅厝的紳士

國家圖書館出版品預行編目資料

超渡／崔根源著.
－－初版.－－臺北市：前衛，2014.11
192面；15×21公分

ISBN 978-957-801-755-9(平裝)

863.57   103019875

超渡

著　　者　崔根源
責任編輯　鄭清鴻
美術編輯　宸遠彩藝
出 版 者　前衛出版社
　　　　　10468 臺北市中山區農安街153號4F之3
　　　　　Tel：02-25865708　Fax：02-25863758
　　　　　郵撥帳號：05625551
　　　　　e-mail：a4791@ms15.hinet.net
　　　　　http://www.avanguard.com.tw
出版總監　林文欽
法律顧問　南國春秋法律事務所林峰正律師
總 經 銷　紅螞蟻圖書有限公司
　　　　　臺北市內湖區舊宗路二段121巷19號
　　　　　Tel：02-27953656　Fax：02-27954100
出版日期　2014年11月初版一刷

定　　價　新臺幣250元
©Avanguard Publishing House 2014
Printed in Taiwan　ISBN 978-957-801-755-9

＊「前衛本土網」http://www.avanguard.com.tw
＊請上「前衛出版社」臉書專頁按讚，獲得更多書籍、活動資訊
　http://www.facebook.com/AVANGUARDTaiwan